Bilionário Destemido

A OBSESSÃO DO BILIONÁRIO

Zane

J. S. SCOTT

Bilionário Destemido
A Obsessão do Bilionário - Zane

Editado por Faith Williams – The Atwater Group
Revisado por Alicia Carmical – AVC Proofreading
Artista da capa: lorijacksondesign.com

ISBN:979-8-5190014-10-9(versão impressa)
ISBN: 978-1-939962-58-4 (versão eletrônica)

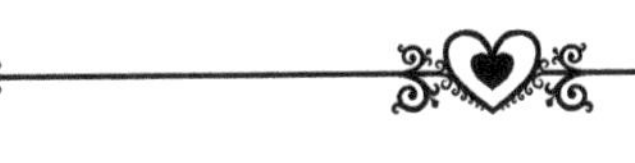

Índice

Prólogo

Sete meses antes...

— Ai, meu Deus. Não é possível. Não a minha doce Chloe — disse Ellie Winters para si mesma em um sussurro urgente. Ela estava sozinha no consultório do médico onde trabalhava e ninguém ouviu o tormento da voz dela. Ela ficou horrorizada com os vídeos que acabara de ver no *notebook* de James, completamente por acidente, enquanto procurava um arquivo que o chefe lhe pedira.

Inicialmente, ela estivera procurando um documento médico, algo que ele lhe pedira que imprimisse. Ela se distraíra ao ver um ícone chamado "Vídeos de Chloe" e não conseguira resistir à tentação de ver o que supusera que fossem imagens felizes da melhor amiga, mesmo sabendo que estava clicando em algo que não deveria.

Ela esperara ver alguns momentos de alegria da amiga, uma Chloe sorridente que Ellie, com toda a sinceridade, não vira havia algum tempo. A amiga estivera recentemente distraída e incomumente nervosa e Ellie queria saber o motivo. Chloe Colter era uma daquelas pessoas que era naturalmente gentil e doce.

Infelizmente, as cenas não tinham sido alegres. Os vídeos eram aterrorizantes.

Ellie só estava trabalhando para o médico noivo de Chloe havia uma semana. Ele era exigente, mas o que ela acabara de ver fez com que percebesse que James era muito mais do que apenas um escroto.

Ele era a pura maldade!

As lágrimas escorreram pelo rosto de Ellie quando ela desconectou e desligou o *notebook*, sabendo que precisava falar com Chloe o mais depressa possível.

Preciso falar com ela. Ela não pode se casar com ele. Por que diabos ela ainda está noiva dele? O imbecil deveria estar na cadeia!

Merda! Ellie estava furiosa consigo mesma por não ter insistido mais em saber *por que* Chloe parecia tão diferente desde que voltara para Rocky Springs. Ela supusera que a amiga só estava distraída e ajustando-se ao fato de estar em casa de novo depois de ter ficado longe por tanto tempo para se formar como veterinária de equinos. Ou talvez estivesse estressada por causa do casamento com James. Casar-se e planejar um casamento *era* algo estressante, certo? Especialmente quando Chloe ainda estava tentando estabelecer sua carreira.

Há muito mais sobre essa história que não entendo. Preciso falar com Chloe, descobrir por que ela está escondendo o fato de James ser um abusador.

Uma sensação de proteção feroz fez com que o estômago de Ellie se contraísse. Ela se lembrou de todas as vezes em que Chloe saltara em sua defesa nos mais de vinte anos de amizade. Quantas vezes Chloe se oferecera para ajudá-la a sair da situação de pobreza quando eram crianças? Ellie perdera a conta. Da mesma forma que não conseguia se lembrar de quantas vezes a família de Chloe a alimentara quando sua mãe precisara trabalhar. Ou que lhe dera sapatos ou roupas novas, com Chloe alegando que não cabiam nela e que queria que Ellie os tivesse.

Foram tantas coisas doces que Chloe e a mãe dela fizeram por mim nesses anos todos.

Reprimindo um soluço de tristeza, Ellie estava determinada a garantir que a melhor amiga não terminasse casada com o próprio demônio. Chloe merecia o marido mais incrível possível.

Por quê? Por que Chloe está encobrindo o que James está fazendo com ela?

Ellie não tinha as respostas, mas pretendia descobri-las. Se necessário, ela arrastaria Chloe para fora daquele relacionamento, chutando e gritando, antes de se sentar e assistir como madrinha quando a amiga assinasse uma sentença de prisão perpétua com Satã.

Freneticamente, ela pegou a bolsa, pronta para ir à casa de Chloe. Ellie considerou telefonar para ela, mas precisava confrontá-la pessoalmente. Ela não tinha dúvidas de que Chloe não sabia sobre os vídeos e provavelmente ficaria horrorizada quando os visse.

Chloe Colter fora sua melhor amiga desde a escola primária. Ellie sabia que os gritos aterrorizados de dor e agonia no vídeo não eram nenhum tipo de jogo sexual pervertido. Chloe estivera traumatizada, aterrorizada e implorando para que James parasse.

Mas o filho da puta não parara. Que tipo de joguinho doentio ele estava jogando? E como Chloe se envolvera? Por que ela simplesmente não se afastara dele? Afinal de contas, ela era uma Colter e não *precisava* de homem nenhum. Chloe era rica e com educação suficiente para mandar na própria vida. Além do mais, tinha quatro irmãos mais velhos que teriam dado uma surra em James se tivessem percebido o que ele fizera com ela. E havia também a pergunta mais importante: por que Chloe não o entregara à polícia? *Tinha* que haver uma explicação, mas Ellie não conseguiu encontrá-la na pressa de sair do escritório.

O som de alguém mexendo na fechadura da porta da frente do escritório, que estava trancada, fez com que Ellie entrasse em pânico. Ela segurou o *notebook* contra o peito e saiu correndo de trás da mesa. Seu coração estava disparado quando a porta começou a abrir.

Ela não olhou para ver quem era. Havia poucas pessoas com a chave e ela era uma delas. Mesmo se fosse a equipe de limpeza, ela não pretendia arriscar para descobrir. A única coisa em que conseguia pensar era sair correndo pela porta de trás, chegar ao seu carro e ir diretamente à procura de Chloe.

— Ellie!

Ouvir o grito de James proveniente da área de recepção triplicou a velocidade de seu coração. Ela correu para a saída dos fundos.

Só preciso chegar ao meu carro. Só preciso encontrar Chloe.

Ellie ouviu os passos pesados de James no corredor atrás dela, mas continuou correndo. Sua respiração estava alterada por causa do pânico quando ela abriu a porta dos fundos e saiu correndo pela porta de metal sem hesitar.

Odiando-se por ter calçado sapatos de salto alto naquela manhã, ela continuou correndo o mais depressa que conseguiu, abraçando o *notebook* como se sua vida dependesse dele.

Preciso chegar até Chloe. Preciso chegar até Chloe. Por favor, só me deixe chegar à casa dela.

Ela estava quase chegando ao carro econômico e velho — que muito tempo antes apelidara de *Tartaruga Azul* porque, apesar de ser lento, continuava a andar — quando o corpo de James colidiu com o seu. Os dois caíram no chão, mas, infelizmente, o corpo dele a prendeu contra o concreto frio.

— Saia. De. Cima. De. Mim. — A voz de Ellie foi um sibilar ofegante enquanto se esforçava para tirá-lo de cima dela.

— Há algum motivo para estar fugindo com o meu notebook, srta. Winters? — perguntou James ao passar o braço em volta do pescoço dela.

— Vou trabalhar de casa hoje à noite. — Era uma desculpa esfarrapada, mas foi a única coisa em que Ellie conseguiu pensar. Chloe sempre dissera que ela era uma péssima mentirosa. Não importava o que alegasse, ela duvidava de que James acreditaria, pois estivera fugindo *dele*. E a única coisa que ele pedira fora que encontrasse e imprimisse um documento.

— Você viu os vídeos — acusou ele em tom ameaçador. — Ia diretamente atrás de Chloe. Vadia abelhuda. Pedi que fizesse uma coisa no computador e você teve que ver coisas que não deveriam ser vistas por ninguém. Não agora. Você arruinará tudo. Ainda bem que voltei quando percebi que você não cuidaria da própria vida.

Você não deveria deixar coisas que não quer que sejam vistas em um computador que pode ser acessado por qualquer pessoa, seu imbecil.

Ellie era viciada em programas criminais e era óbvio que James era desleixado ou psicótico o suficiente para não pensar antes na possibilidade de que ela visse os vídeos. Sentindo o braço dele apertado em volta de seu pescoço, ela tinha quase certeza de que era a segunda opção.

— Por que está tentando ferir Chloe? — Ellie desistiu de fingir para tentar conseguir respostas. — Ela nunca faria algo parecido com você. Ela ama você. — O fato de Chloe ter até mesmo gostado de um monstro como James fez com que Ellie se sentisse enjoada. O imbecil não merecia nem estar no mesmo aposento que Chloe.

— É claro que ela me ama — resmungou James. — Nós vamos nos casar e ninguém vai me impedir. Finalmente conseguirei o que mereço.

Ellie desejou que ele recebesse o que *realmente* deveria: algemas e uma cela muito desconfortável pelo resto da vida. Era óbvio que James achava que tinha direito à parte de Chloe da fortuna da família Colter, uma riqueza quase inimaginável.

— Você merece estar na cadeia — disse Ellie com dificuldade por causa do pouco ar que conseguia inspirar.

— Cale a boca, caralho! Vamos nos levantar. Tenho uma arma e, se fizer um barulho sequer, vou matar você — advertiu ele em tom perigoso.

Não havia dúvidas na mente de Ellie de que James cumpriria a ameaça. Depois de ver como tratara Chloe, ela não tinha a menor dúvida de que ele era capaz de praticamente qualquer coisa.

Ele a forçou a se levantar e não demorou muito para que ela visse o brilho do aço na luz fraca do estacionamento vazio. Ele tinha mesmo uma arma e estava preparado para usá-la. Ela considerou gritar o mais alto possível, mas duvidava que isso fizesse alguma coisa além de silenciá-la para sempre. O escritório era um prédio solitário no fim de uma rua sem saída. Já anoitecera e estava frio. A possibilidade de alguém escutá-la era muito pequena. Ela decidiu que, se não queria acabar morta, precisava esperar até que conseguisse escapar.

O que aconteceu a seguir estragou seu plano.

— Eu disse a Chloe que você não valia nada. Você não tem valor para ela. Sua família é pobre, você é pobre. Só a contratei para calar a boca de Chloe! — exclamou James perigosamente, logo antes de dar um soco no rosto dela.

A dor explodiu na cabeça de Ellie quando ela recebeu o golpe. Estonteada por causa do soco brutal, ela não conseguiu resistir quando James a levou para o carro dele no outro lado do estacionamento.

Quando James a bateu contra o carro, ela finalmente falou, perguntando-se desesperadamente se ele a mataria, mesmo não tendo gritado. — James, você não quer fazer isto. E Chloe? E a sua carreira? Pare com isto agora e não direi nada. Deixe-me apenas ir para casa. — Ela começou a mentir para convencê-lo a deixá-la ir embora. — Acha que sou idiota o suficiente para acreditar nisso? — perguntou James em uma voz que ficava cada vez mais estridente, uma voz louca que começava a deixar Ellie muito assustada.

Ele vai me matar.

Ellie reconheceu a perda da sanidade na voz dele.

Ele puxou o computador e a bolsa das mãos dela e jogou-os no banco de trás do carro. Em seguida, empurrou-a na direção do porta-malas. No minuto em que ouviu a trava abrir, Ellie começou a lutar pela própria vida.

Chegava de tentar argumentar com James. Chegava de implorar para deixá-la ir embora.

Ela lutou com tudo o que tinha, tentando arranhar os olhos dele e chutando para tentar acertá-lo na virilha. No entanto, ele era mais forte. Ela finalmente começou a gritar, sabendo que, se ele conseguisse colocá-la no porta-malas do carro, seria uma mulher morta.

— Cale a boca, caralho — rosnou ele ameaçadoramente, agarrando o rabo de cavalo loiro longo e puxando-o com tanta força que os olhos de Ellie se encheram de lágrimas.

Ela não parou de lutar, mesmo quando ele a levantou e tentou jogá-la para dentro do espaço confinado.

Dane-se, não vou facilitar as coisas para ele.

A bunda dela bateu na superfície dura do porta-malas, mas ela jogou os braços para fora, tentando impedi-lo de fechar a tampa, o que a confinaria em um caixão improvisado.

Ele nunca vai me deixar viver.

— Nããããão! Alguém me ajude! Por favor! — Ellie continuou a gritar, sem se importar mais com os avisos de James, mas ninguém apareceu para resgatá-la.

Um último soco violento na cabeça dela a silenciou, deixando seu mundo escuro.

Com Ellie inconsciente e incapaz de continuar lutando, James fechou o porta-malas e entrou no carro, partindo na noite com o corpo inerte dela confinado na escuridão.

Capítulo 1

O Presente...

— Onde diabos ela está? — murmurou Zane Colter furiosamente ao dirigir o SUV Bentley em mais uma estrada de terra íngreme que levaria para *mais uma* cabana nas montanhas desoladas.

Durante quantos dias ele estivera procurando? Um dia se transformara em outro, mas Zane estivera tão concentrado em sua missão que não se importara em fazer muito além de se manter hidratado.

Ele estava feliz por ter comprado o novo SUV apenas um mês antes. Estava nevando pesadamente naquela altitude e ele dirigira em velocidades muito ousadas nas estradas escorregadias das montanhas. Ele sabia que estava dirigindo depressa demais para as condições climáticas que ficavam cada vez piores. O problema era que ele *estava* ficando desesperado. Ele sabia em que área Ellie estava por causa das amostras de solo que tirara de um velho par de sapatos de James e dos sulcos dos pneus da caminhonete na garagem dele. Depois de encontrar um pedaço pequeno de uma flor rara na casa do imbecil, ele tivera a ideia de obter aquelas amostras de terra, uma intuição que dera certo depois de intensas análises, destacando as únicas áreas em que aquele tipo de flor crescia e o solo de que precisava para isso. A terra que ele coletara confirmara suas suspeitas. Ele duvidava de que James dirigisse aquela caminhonete mais velha em qualquer outro lugar que não nas montanhas. Os sapatos eram velhos e gastos, e um filho da puta superficial como James não os usaria, exceto em áreas lamacentas onde não seria visto. Depois de juntar a terra e a flor, Zane tinha uma ideia muito boa da área onde Ellie estaria escondida. Mas uma busca nas cabanas e nas propriedades nos arredores não mostrou nada que fosse de James. Portanto, Zane tinha que supor que era um lugar que não estivesse no nome real dele.

— Onde ele a escondeu, caralho? Puta que o pariu! — rosnou ele ao bater a mão no volante, sentindo-se frustrado e sabendo que estava ficando sem tempo. As chances eram de que recuperaria um cadáver, em vez de resgatar Ellie.

Nem. Pensar.

Ele afastou a possibilidade de que Ellie estivesse morta e continuou a dirigir em direção a uma cabana pequena, um pouco acima na estrada de terra quase inexistente que subia.

Limpando o suor da testa com a mão e passando os dedos pelos cabelos com irritação, ele dominou o carro agilmente ao deslizar no gelo e na neve com uma mão só até estar novamente subindo a estrada.

Logo vou ter que enfrentar a realidade. Verifiquei praticamente todas as cabanas e casas desta área sem sorte nenhuma, porra.

Zane não fazia ideia de quanto tempo fazia desde que dormira pela última vez. Ele estivera fazendo pesquisas sobre o solo que encontrara e depois trabalhara em marcar áreas para investigar. Ele estava exausto, mas um relógio continuava a avançar em sua cabeça. Se James *mantivera* Ellie viva, ela provavelmente não tinha mais água nem comida. James estava morto e ficara incapacitado antes de se suicidar. Ela ficara sozinha por tempo demais.

Não posso parar de procurar. Prometi a Chloe que não desistiria. Não vou parar até encontrá-la.

Ele balançou a cabeça de forma distraída, sabendo que era uma boa desculpa para estar procurando. Mas sua persistência feroz não era apenas porque Ellie era a melhor amiga de sua irmã. O instinto o cutucava sem parar.

Ele conhecia Ellie bem o suficiente para saber que, se pudesse escapar, ela teria escapado. Algumas pessoas alegavam que Ellie era quieta, mas ele vira como ela podia ser mandona quando eram crianças. Na adolescência, ela não mudara. Nunca tivera problemas em expressar suas opiniões. Não com ele.

Sinceramente, ele nunca se importara com o desejo extremo dela de organização. Na verdade, ele gostara disso, pois não era exatamente organizado em sua vida pessoal. Nunca fora. Em se tratando de seu trabalho como cientista, ele era meticuloso, mas todo o resto fora do laboratório era um caos. Ele sempre fora fascinado pela forma como Ellie conseguia lidar com tantas coisas ao mesmo tempo e de forma muito organizada. Ela sempre fora assim, mesmo na adolescência.

Zane podia admitir para si mesmo que gostara de Ellie na escola. Mas o fato de ela ser a melhor amiga de Chloe, sua irmãzinha, deixara Ellie completamente fora de questão para qualquer coisa além de amizade depois que ficaram adultos. Na época da escola, ela fora jovem demais, ligada demais à família dele. Sem falar no fato de que ele fora tão esquisito socialmente naquela época que nunca teria coragem de chamá-la para sair, mesmo que ela não fosse jovem demais. Mas ele também gostara dela como amiga e ainda tinha sentimentos por ela, apesar de tê-la encontrado muito pouco depois de terminar a escola. Ele partira para a faculdade e nunca voltara para Rocky Springs para morar lá o tempo inteiro.

Ele rosnou ao parar em frente à cabana que estivera procurando.

— Merda! Parece um local sazonal.

Apesar de a cabana estar em condições decentes, não era algo que um médico compraria. Era minúscula e parecia mais uma cabana de caça ou de pesca.

A neve estava contra a porta e parecia que ninguém estivera lá desde a primeira vez em que nevara. Os flocos brancos flutuavam e caíam em quantidades épicas quando ele saiu do carro, sem se preocupar em trancá-lo. Ora, ninguém iria até aquela cabana isolada no meio de uma nevasca.

Ele andou com dificuldade pela neve e chutou a camada branca acumulada na porta da frente. Ao virar a maçaneta para entrar, descobriu que estava trancada. Irritado e determinado a não deixar de olhar embaixo de uma pedra sequer, ele bateu com o ombro na porta até que a fechadura cedesse. Em seguida, ele a abriu.

— Ellie! — gritou ele, apesar de o lugar ser tão pequeno que provavelmente não havia a necessidade de gritar.

Ele andou pela cabana, que tinha uma área de estar em um lado e uma cozinha pequena no lado oposto. Ele inspecionou o banheiro minúsculo e parou subitamente ao chegar à porta do único quarto da cabana. Ele ficou tenso ao ver a figura praticamente irreconhecível algemada no canto, encolhida em posição fetal, completamente nua.

— Caralho! — O xingamento explodiu de sua boca quando ele entrou no quarto e abaixou-se ao lado da mulher, sem saber se ela estava viva ou morta.

Ele afastou os cabelos imundos do rosto dela. — Ellie? — chamou ele hesitante, colocando a mão em seu pescoço em busca de um sinal de vida. O sangue dele ferveu ao perceber todos os ferimentos e cortes no corpo, no rosto e nos membros dela. Havia um penico perto dela, mas ela obviamente não tivera forças suficientes para usá-lo. Os braços e as pernas estavam presos com algemas pesadas, dando a ela uma mobilidade muito limitada. Havia um jarro de água vazio no canto e um saco plástico vazio.

Zane não recebeu resposta, mas seu coração acelerou quando ele percebeu um pulso fraco.

Ele correu para a cozinha, encontrou um copo e encheu-o com água, grato pelo fato de o lugar ter encanamento interno.

Ele não prestou atenção no fedor que exalava da mulher ao colocar os braços em volta dela, forçando-a a se sentar. — Ellie? Abra os olhos para mim. Você precisa de água, está desidratada.

Ela estava mais do que só desidratada. Estava à beira da inanição. Mas ele tinha que resolver um problema de cada vez. Ellie era uma mulher cheia de curvas. Agora, não tinha carne nenhuma sobre os ossos.

Ele colocou o copo nos lábios dela, virando-o lentamente. As pálpebras dela estremeceram, mas ela não abriu os olhos. Ele torceu muito para que ela ainda tivesse o reflexo de engolir. A última coisa de que precisava era que ela aspirasse a água.

— Engula, Ellie. Vamos! — Ele a observou enquanto derramava a água lentamente em sua boca, aliviado ao perceber que os músculos do pescoço dela se mexeram fracamente para engolir a água.

Ela precisava de comida, mas ele continuou tentando hidratá-la primeiro. Finalmente, ele foi para a cozinha procurar alguma coisa, qualquer coisa, que ela pudesse engolir. Antes de começar a vasculhar os armários, ele se lembrou de que tinha isotônicos no SUV que a ajudariam a repor os eletrólitos que ela já não tinha.

— Fluidos são melhores — disse ele distraidamente para si mesmo ao voltar para a cabana com os suprimentos e ferramentas de que precisava. Em seguida, começou a missão de hidratar e nutrir Ellie.

Ele tinha que ir devagar, o que o deixou muito irritado. Ele queria dar a Ellie tudo que ela não tinha. Queria que a forma quase sem vida voltasse rapidamente à vida.

Ele queria Ellie de volta e, não importava o que fosse necessário, Zane a veria sorrindo e inteira novamente, nem que isso o matasse.

Não vou desistir. Nunca desisto.

Ele demorou um pouco para livrá-la das algemas de aço com as ferramentas que tinha no carro. E continuou a xingar violentamente enquanto a libertava.

Se James já não estivesse morto, Zane teria assassinado o filho da puta sem um pingo de remorso.

Depois de dar a Ellie tudo o que teve coragem de dar de uma vez só, ele a tirou do chão frio. *Jesus!* Ela estava tão leve que ele ficou muito assustado. Abaixando-se para passar, ele foi para o banheiro, torcendo para que a água quente funcionasse. Virando os registros do chuveiro, ele ficou aliviado quando a água morna começou a sair.

Colocando-a gentilmente no chão, ele rapidamente tirou a própria roupa. Em seguida, segurou-a novamente e levou-a para baixo do chuveiro com ele. A cabana tinha um pouco de calor, mas ainda assim estava gelada. Ellie não tinha carne alguma nos ossos para protegê-la ao ficar deitada em um chão frio. Ele precisava ir devagar e de forma gentil, aumentando o calor do corpo dela com cuidado.

Ele usou um frasco de sabão líquido que encontrara no banheiro, esfregando o corpo e os cabelos dela até que estivesse limpa novamente. Um gemido fraco escapou dos lábios dela, o que deu a ele ainda mais esperança de que ficaria bem. Ela estremeceu nos braços dele, outro bom sinal. O aquecimento lento do corpo dela começava a aumentar a temperatura interna.

Frustrado, Zane sabia que não teria como levá-la a um hospital por causa da nevasca que rugia no lado de fora das paredes da cabana. Se alguma coisa acontecesse no caminho de volta, ela nunca sobreviveria. Ele era médico. Sim, era dedicado à pesquisa, mas frequentara a escola de medicina. Como era academicamente muito bom, ele terminara rapidamente os cursos e concentrara-se em biotecnologia. Mas ele sabia o que precisava fazer, quais eram as necessidades dela naquele momento. Infelizmente, ele tinha muito poucos recursos e equipamentos para ajudá-la da forma como precisava.

Ele desligou a água e secou os dois da melhor forma possível com as toalhas em farrapos que achou no banheiro. Em seguida, carregou Ellie para a única cama da cabana, a que lhe fora negada por causa de seu confinamento. Puxando a colcha, ele ficou aliviado ao ver que o lençol estava relativamente limpo. Ele a colocou sob o cobertor. Sentando-se ao seu lado, ele se sentiu tentado a pentear os longos cabelos dela com os dedos. Ellie tinha cabelos loiros lindos e ele começava a ver os cachos de novo agora que estavam limpos. Afastando os cabelos do rosto dela, ele estava praticamente pronto a ter um ataque de fúria ao perceber os machucados e os cortes em sua pele.

Ele a examinara atentamente enquanto a lavava e não vira ferimento algum que pudesse ameaçar a vida de Ellie, mas estava furioso pelo fato de James ter encostado nela.

Zane se levantou e começou a limpar a bagunça do canto, lavando o chão e jogando fora o penico e as algemas. Ao terminar, ele enrolou o corpo em um cobertor, calçou as botas e correu até o SUV para buscar a mochila com roupas que sempre deixava no bagageiro.

Ele vestiu as roupas sobressalentes que tinha, desejando ter mais para colocar em Ellie além das camisas de flanela que tinha na mochila.

Depois de vestir a camisa nela, ele lhe deu um pouco mais de líquido. Em seguida, vasculhou a cabana pequena, tentando achar alguma coisa útil. Ele encontrou a bolsa de Ellie em um dos armários, mas não viu sinal das roupas dela. Zane colocou suas roupas sujas na pia e lavou-as, pendurando-as no banheiro para secar. Ele não achava que precisaria delas porque pretendia descer a montanha com Ellie em breve. Era a energia inquieta que não o deixava ficar parado.

Ele encontrou alguns suprimentos básicos, na maioria enlatados, mas pelo menos era alguma coisa.

Como o sistema de aquecimento antiquado produzia muito pouco calor, ele colocou madeira dentro do velho forno que ficava contra a parede e acendeu o fogo, que logo estava forte. Ele fechou a porta de metal, feliz por aquela lata velha ainda funcionar. A cabana era tão pequena que o fogo ajudaria a manter o espaço limitado mais aquecido.

Como já vasculhara todos os armários, Zane andou de um lado para o outro, indo do banheiro à janelinha ao lado da porta, torcendo para que parasse de nevar.

Ellie precisa de muito mais do que posso fazer por ela agora. Ela precisa de fluidos e nutrientes intravenosos, raios-x e exames.

Ele sabia que ela estava mal, mas não fazia ideia se o corpo dela tinha outros problemas que não era possível ver apenas olhando para ela e fazendo um exame superficial.

Infelizmente, a nevasca continuava a rugir. Ele se sentiu frustrado por não haver muito a fazer, exceto continuar dando a Ellie o que podia em intervalos que não enchessem demais o estômago encolhido.

Ele a ajudou a engolir alguns nutrientes. Depois, andou de um lado para o outro.

Ajudou-a novamente. Depois, andou de um lado para o outro.

Ele continuou conferindo o celular, mas estava em uma área sem sinal e não queria deixar Ellie sozinha para tentar encontrar uma área onde houvesse sinal. Provavelmente, não haveria nenhuma perto dali. Ele tinha quase certeza de que aquela montanha desolada inteira estava fora do alcance.

Quando começou a escurecer, ele ligou um gerador antigo que produziria um pouco de luz. Em seguida, colocou mais lenha no fogão, percebendo que a cabana já começava a ficar mais quente.

Ao se sentar na cama para erguer Ellie e fazê-la beber um pouco mais, ele ficou muito feliz de ver que ela engoliu mais prontamente.

— Vamos, Ellie, só mais um pouco — disse ele baixinho, tentando convencê-la a tomar mais alguns goles.

Ela obedeceu e ele colocou o copo sobre uma mesinha de cabeceira rústica. — Zane? — A voz fraca era pouco mais de um sussurro.

Mas ele a ouviu.

Ele virou a cabeça rapidamente para Ellie, com o coração disparando ao perceber as pálpebras dela estremecerem e depois abrirem completamente.

Uma expressão de horror cruzou seu rosto por um momento até que ela focalizou nele. — Zane? — perguntou ela de novo em tom incerto. O sussurro foi cheio de medo e pânico.

— Sim. Sou eu, Ellie. É Zane. — Ele passou a mão gentilmente nos cabelos dela. — Você está segura. Não tenha medo. — *Jesus!* Ele odiou ver a expressão de terror no rosto dela.

— James — disse ela com voz rouca.

Ele colocou os dedos sobre os lábios dela. — Não tente falar. James está morto. Nunca mais vai poder machucar você. Você precisa descansar, Ellie. Estive tentando reidratar você. Está muito fraca e preciso levá-la ao hospital. O clima está uma merda. Só descanse até que eu possa tirar você daqui, ok?

Ela assentiu fracamente, como se tivesse entendido, e seus olhos se fecharam.

Zane começou a levantar da cama, mas Ellie disse em tom suave: — Não vá, Zane. Por favor. Acho que estou tendo alucinações, mas quero que elas durem.

Tirando as botas, ele virou o corpo e deitou ao lado dela. — Você não está sonhando e eu não sou uma ilusão. James está morto e nunca mais voltará. Não posso descer a montanha com você agora. Estamos no meio de uma nevasca. Mas vou levar você para um lugar seguro assim que possível.

Ele gentilmente passou os braços em volta dela. Em seguida, apoiou a cabeça dela em seu peito, passando a mão pelos seus cabelos agora secos. — Acho que já estou segura — disse ela em tom hesitante, aconchegando-se a ele.

— Pode ter certeza disso. Não vou deixar que nada aconteça com você, Ellie. Prometo.

Ela suspirou de leve. Em seguida, sua respiração ficou regular e profunda. Zane percebeu que ela estava dormindo e não em um estado inconsciente. O alívio o invadiu quando seu corpo relaxou. Ele colocou os dois braços protetoramente em volta de Ellie, embalando o corpo dela de forma gentil em um esforço de reconfortá-la. Mas talvez também fosse para reconfortar a si mesmo. Ele estava muito grato por tê-la encontrado com vida.

Finalmente, com Ellie aconchegada em segurança e aquecida contra ele, Zane adormeceu.

Capítulo 2

Ellie abriu os olhos, confusa.

Onde estou? O que aconteceu? James!

O pânico a invadiu ao olhar em volta, aterrorizada pelo retorno de James à cabana que a acordara. O medo e o terror a deixaram com a garganta apertada, mas ela notou que a boca não estava mais seca como o deserto.

Com o coração batendo depressa e a respiração irregular, a reação de Ellie foi de puro terror. Freneticamente, ela olhou ao redor da cabana, torcendo para que não houvesse ninguém lá.

Exceto... que ela não estava mais na cabana. A parte racional de sua mente começou a funcionar e ela lentamente tentou absorver os arredores. Não demorou muito para perceber que estava no hospital, com enfermeiros e médicos passando rapidamente no corredor em um ritmo que a deixou tonta.

Os lençóis e cobertores brancos que a cobriam ajudaram a confirmar sua localização, bem como a agulha em seu braço e todos os fios presos em seu corpo.

Ela começou a sentir o terror aumentando, sem entender por que estava lá nem como chegara a um hospital, quando ouviu a voz *dele*.

— Graças a Deus! Você acordou.

Ela virou a cabeça rapidamente e viu um Zane Colter com aparência exausta ao lado da cama. As roupas dele estavam amarrotadas e os cabelos desgrenhados, como se ele tivesse passado a mão neles repetidamente.

As suspeitas dela foram confirmadas quando ele passou a mão pelos cabelos novamente, em alívio ou frustração. Algumas vezes, em se tratando de Zane, era difícil saber o que ele estava pensando. Mas, estoico ou não, ela estava feliz com a presença dele e sentiu o corpo relaxar pela primeira vez em muito tempo. — O que aconteceu? — A voz dela estava tão fraca quanto o corpo. — Como cheguei aqui?

— Você não se lembra de nada? — perguntou Zane com a testa franzida.

Ellie vasculhou o cérebro, lembrando-se vagamente de ouvir a voz de Zane dizendo que tudo ficaria bem. — Achei que você fosse um sonho.

— Não acho que eu seja o sonho de ninguém — retrucou Zane em tom seco.

Ellie subitamente se lembrou de como chegara àquela situação, para começo de conversa. Lembranças horríveis surgiram em seu cérebro enquanto ela se esforçava para se sentar na cama. — Ai, meu Deus. Preciso falar com Chloe. James...

Ele a empurrou de volta gentilmente. Ela não tinha forças para se mexer, muito menos para se sentar.

— Está morto — terminou Zane. — Ele se matou, Ellie. Antes disso, ficou no hospital porque foi idiota o suficiente para machucar nossa irmã. Foi por isso que você não recebeu comida nem água. Você estava muito mal quando finalmente a encontrei naquela cabana.

— Chloe...

— Minha irmãzinha está em lua de mel. Ela se casou com Gabe Walker, um homem que cuidará muito bem dela.

A cabeça de Ellie girava quando ele terminou de contar o que acontecera com Chloe e como ela fora chantageada. Ellie perdera tanta coisa, e muito acontecera desde que fora aprisionada por James.

— Graças a Deus — sussurrou Ellie, deixando a cabeça cair sobre o travesseiro. — Depois que vi aqueles vídeos, fiquei com muito medo por ela.

— Ele sabia que você sabia sobre os vídeos?

Ellie assentiu. — Ele me pegou com o notebook dele. Eu estava indo procurar Chloe quando ele me sequestrou no escritório e jogou-me no porta-malas do carro.

— Caralho! — xingou Zane veementemente.

— Fiquei inconsciente por algum tempo e não sei o quanto ele dirigiu. Nem sei exatamente onde ele me escondeu. Eu só sabia que estava em uma cabana e supus que fosse um lugar remoto. Nunca entendi por que ele simplesmente não me matou.

— Garantia — resmungou Zane. — Não tenho dúvidas de que, depois do casamento, ele não se importaria mais se você estava viva ou morta.

— Todo mundo achou que eu estava morta? — perguntou ela baixinho.

— Praticamente todo mundo — concordou ele. — Mas Chloe e eu nunca deixamos de procurar. Como seu carro tinha desaparecido, a maioria das pessoas achou que você tinha ido embora ou já estava morta.

Ellie estremeceu. O coitado do *Tartaruga Azul* estivera no estacionamento. Obviamente, James se livrara dele. — Acho que eu *estava* quase morta. Perto do fim, não sabia mais se queria que James aparecesse ou simplesmente deixasse que eu morresse. — As visitas dele não tinham sido frequentes, mas sempre eram dolorosas.

— Não diga isso — retrucou Zane. — Sei que ele bateu muito em você. Ele a estuprou, Ellie?

— Não — respondeu ela constrangida. — Eu era gorda demais para ele no começo. E acho que ele sentia mais prazer em me torturar. Quando fiquei mais magra, ele me disse que eu era uma porca suja e nojenta.

Zane acariciou os cabelos dela distraidamente. — Lamento tanto não ter encontrado você antes.

Ela abriu um sorriso fraco para ele. — Fico grata por ter *conseguido* me encontrar. — Ela hesitou antes de dizer: — Eu queria saber o que ele fez com o meu carro. Pode ter levado a chave, mas queria saber onde ele escondeu meu velho *Tartaruga Azul*.

— Seu o quê? — perguntou Zane confuso.

Ellie suspirou. — Eu chamava o meu carro de *Tartaruga Azul*. Eu o tinha há muito tempo e ele não parava de funcionar. Só ficou um pouco mais lento no decorrer do tempo.

— Ele nunca foi encontrado — confirmou Zane.

— Suponho que, depois de me encontrar, você me trouxe para cá. Onde estamos?

— Denver. Era mais perto e tem instalações médicas mais bem equipadas para a condição em que você estava. Fiz o que pude na primeira noite da nevasca, mas, como você ainda não estava coerente no dia seguinte, desci a montanha. A neve tinha diminuído um pouco e eu tinha que aproveitar a oportunidade para levar você a algum lugar para ser tratada.

— Perdi a noção do tempo. Por quanto tempo James me manteve lá? — Ellie perdera os sentidos um pouco de cada vez. Os dias e as noites passaram a se embaralhar.

— Cerca de sete meses — respondeu Zane relutantemente.

Ellie ficou de boca aberta, chocada. Por algum tempo, ela contara os dias e as semanas que se passaram. Mas, em algum momento, ela passara a dormir durante a maior parte do tempo em que James não estava lá. Depois de tentar tudo em que conseguira pensar para se libertar, a esperança de ser resgatada desaparecera. Pouco a pouco, sua energia se esgotara e ela começara a racionar a comida e a água, sem saber quando conseguiria mais... ou *se* receberia mais.

— Minha mãe. Ela deve estar desesperada. — Se ela estivera desaparecida havia meses, a coitada da mãe provavelmente estava muito preocupada.

— Eu telefonei para ela. Dizer que ela ficou feliz seria pouco. Está vindo de Montana para cá. — Ele aguardou um momento e perguntou: — Quer que eu conte a Chloe?

— Não — respondeu ela imediatamente. — Ela merece algum tempo de paz depois do que aconteceu com James. Parece que ela está em processo de cura. Posso encontrá-la quando ela voltar. Espero estar mais saudável quando finalmente a vir. — Ellie não precisava de um espelho para saber que estava com uma aparência horrível e a última coisa que queria era que Chloe se sentisse culpada. Agora que sabia de toda a história, Ellie sabia que Chloe passara por maus bocados.

Apesar de Ellie querer desesperadamente sua melhor amiga, não queria que ela a visse daquele jeito. Conhecendo Chloe, ela se sentiria culpada.

— Não contamos nada a eles. Ela nem sabe que James está morto. Tenho a sensação de que Blake provavelmente contou a Gabe. — Zane pareceu ligeiramente desconfortável. — Mas acho que ela ficará furiosa comigo por não ter contado que encontrei você.

— Provavelmente é melhor assim, mesmo que ela fique um pouco furiosa. Direi a ela que foi ideia minha. Quando ela se sentir mais inteira, conseguirá lidar com tudo de forma melhor. Talvez não fique tão abalada se eu estiver mais forte.

— Acho que ela se sentirá melhor se souber que você está viva — retrucou Zane em tom seco.

— Ainda não. Por favor. — Ellie conhecia Chloe e sabia que ela ficaria muito mal se a visse naquele momento, emaciada e cheia de marcas pelas surras frequentes de James. Ela não queria que sua melhor amiga a visse como estava, não quando Chloe passara por tanta coisa.

— Pare de se preocupar com Chloe. Ela está muito melhor do que você neste momento. *Você* precisa de alguma coisa? — perguntou Zane em tom hesitante, parecendo impaciente, como se precisasse de algo com que se ocupar.

Ela precisaria de muitas coisas, mas recusou-se a pensar naquilo no momento. — Não. Há quanto tempo estou aqui?

— Dois dias — respondeu ele.

— Eu não me lembro — admitiu ela, incapaz de recordar o transporte até o hospital.

— É totalmente compreensível — informou Zane. — Você estava confusa por causa da desidratação. Por sorte, não deverá haver nenhum dano permanente depois de estar completamente curada. Agora que está recebendo o que precisa, tudo se ajeitará. Demorará um pouco para que ganhe peso. E você precisará de tempo para se recuperar da fraqueza. Mas tudo isso é reversível.

Ellie percebeu que Zane parecia extremamente exausto. A expressão dele era cansada, os olhos estavam vermelhos e havia olheiras profundas sobre os olhos cinzentos expressivos.

— Você chegou a dormir? Tem uma casa aqui em Denver, certo? Talvez seja melhor ir para casa e descansar um pouco. — Enquanto dizia aquelas palavras, ela sentiu o coração apertado com a ideia de ele a deixar sozinha. Racionalmente, ela sabia que estava fora de perigo, mas, de forma egoísta, queria que Zane ficasse um pouco mais.

— Acha mesmo que vou a algum lugar? Jesus! Vasculhei a maior parte do estado do Colorado procurando você. Não vou embora — disse ele teimosamente, cruzando os braços sobre o peito largo.

— Então pelo menos durma esta noite. — Ela olhou pela janela, percebendo que estava escuro. Havia uma cama extra no quarto, ao lado da sua.

— Não acredito que se preocupou comigo. Pelo amor de Deus, Ellie. Você quase morreu e passou sete meses acorrentada. Meu sono não é uma merda de prioridade.

Ela sabia que, se começasse a reviver os meses anteriores, acabaria transformando-se em um desastre. — Algumas vezes, é mais fácil não pensar no assunto. Estou aqui agora. Estou viva. Tudo por sua causa. Estou sendo bem cuidada, estou acordada e falando. Não há motivo para você não descansar.

— Vou me deitar quando você dormir de novo. Tenho a sensação de que não demorará muito. — As pálpebras de Ellie já estavam pesadas, mas ela lutou contra a escuridão bem-vinda, onde sabia que se esqueceria do que acontecera momentaneamente. — Quando poderei ir para casa?

— Quando os médicos disserem que é seguro — respondeu Zane.

— Nem sei se ainda *tenho* casa. Não tenho carro. Não tenho emprego. — Ela começou a hiperventilar ao pensar em tudo o que perdera. Ela estivera quebrada antes de aceitar o emprego com James e não trabalhara lá o suficiente para receber o primeiro cheque. — Não se preocupe com nada disso agora — ordenou Zane em tom firme. — Tudo se resolverá. Você pode ir para casa comigo. Não terá recuperado as forças completamente ao sair daqui e ainda terá ferimentos a serem curados, bem como deficiências nutricionais.

Ela ergueu o queixo. — Posso cuidar de mim mesma. — A última coisa de que Ellie precisava era da pena de Zane.

— Você será teimosa depois de tudo o que aconteceu? Não pode aceitar uma ajudinha dos amigos?

— Talvez eu não tenha opção — admitiu Ellie. Ela não sabia se o apartamento ainda era seu, não tinha fonte de renda e não tinha condições de procurar um emprego.

— No que me diz respeito, você realmente não tem opção. Vou levá-la comigo para casa, nem que tenha que colocar você sobre o ombro e arrastá-la até lá. Você precisa de ajuda e, depois do que aconteceu, não quero que fique longe das minhas vistas.

Amigos? Ela e Zane eram realmente amigos? Sim, na época da escola, ela diria que eram amigos, apesar de também ter se sentido muito atraída por ele. Mas ela só o vira poucas vezes desde então e não tinham conversado muito. Ele era o irmão de sua melhor amiga e apenas um cara por quem sentira atração na escola. Ele não tinha motivo para estar grudado a ela. Mesmo assim, ele obviamente se preocupava com o que acontecera com ela.

— Fico feliz por estar aqui — confessou Ellie. — Estou me sentindo um pouco perdida. — Na verdade, ela estava sentindo-se *muito* perdida, mas não queria admitir. Como estava fisicamente fraca, os obstáculos à frente pareciam absurdos. Psicologicamente, ela se achava praticamente incapaz de não entrar em pânico sobre o futuro.

— Algum dia, você terá que lidar com o que aconteceu. Mas esse dia *não* é hoje. Você precisa descansar e ficar boa. Estarei bem aqui, não vou a lugar algum — disse Zane.

Ellie estremeceu, detestando o momento em que teria que lidar com o encarceramento, as lembranças de nunca saber quando James apareceria novamente para levar suprimentos... ou simplesmente matá-la.

Sentindo as pálpebras muito pesadas, ela desistiu de lutar para ficar acordada e fechou os olhos. — Algum dia — sussurrou ela, perguntando-se se algum dia seria forte o suficiente para conseguir falar sobre as experiências que tivera. Tentar esquecer parecia muito mais fácil. — Durma, Ellie — disse Zane com uma voz profunda e hipnótica. Ele estendeu a mão e apertou a dela firmemente.

Seu primeiro instinto foi se afastar do toque dele, pois todos os contatos humanos que tivera nos sete meses anteriores resultaram em dor. Em certo momento, a gentileza do gesto reconfortante dele a fez relaxar de novo. Ela tentou apertar os dedos dele, mas tudo exigia um esforço muito grande. Sentindo conforto no fato de Zane estar por perto, ela dormiu.

Ellie passou muito tempo dormindo nos dias seguintes. Sua mãe foi visitá-la e as duas tiveram um encontro alegre, mas curto. A mãe tinha uma empresa que ajudava o marido a administrar em Montana.

Sabendo que a mãe passara por momentos difíceis de pobreza no passado, a última coisa que Ellie queria era que seus problemas forçassem a mãe a ter dificuldades financeiras novamente. A mãe ainda não tinha segurança financeira, sem saber quanto a empresa faturaria a cada mês. Mas Ellie estava feliz por a mãe ter uma casa aconchegante onde dormir, comida na mesa e um marido que a amava. Finalmente, a mãe estava feliz e Ellie não queria ser responsável por acabar com essa felicidade.

Aileen, a matriarca da família Colter, era uma visitante frequente, bem como Tate e Lara Colter, o irmão mais novo de Chloe e sua esposa.

A cunhada de Chloe estava providenciando sessões de terapia para Ellie com a mesma psicóloga que recomendara a Chloe, uma certa dra. Natalie Townson. Pelo jeito, ela era uma das melhores psicólogas do mundo para mulheres com problemas de abuso doméstico.

Ellie não tinha certeza do quanto sua experiência fora *doméstica,* mas certamente fora traumática e violenta. Mesmo agora, ela ainda conseguia ver o rosto maligno de James, ouvir as palavras brutais e lembrar-se dos golpes violentos. Era difícil fechar os olhos sem vê-lo, sem se lembrar de tudo. Pouco a pouco, o tempo que passara como prisioneira voltava. Às vezes, as imagens eram vívidas, tão reais que ela tinha que se esforçar para se convencer de que estava segura.

Algumas vezes, ela queria que as lembranças permanecessem escondidas ou vagas, mas, gostasse ou não, *estava* lembrando. Recentemente, os pesadelos tinham sido tão intensos que ela acordava aterrorizada e lutando para respirar. Por sorte, nunca fizera barulho demais durante os pesadelos, pois Zane nunca acordava, apesar de dormir na outra cama do quarto dela todas as noites.

Algumas noites, ela tinha vontade de chamá-lo, mas logo se detinha. Ela sempre cuidara de si mesma. Talvez não tivesse muito dinheiro, mas conseguira se virar, emocional e fisicamente. Era importante que voltasse para o que fora antes: uma mulher autossuficiente que se virava muito bem sozinha. Isso significava que tinha que aprender a lidar com os próprios problemas, incluindo os pesadelos.

Durante os dias ocupados com visitantes e tratamentos no hospital, Ellie comeu como uma mulher que passara fome durante meses. Começando devagar, ela finalmente passara para alimentos sólidos e estava constantemente com muita fome. Infelizmente, a comida do hospital deixava muito a desejar, mas ela comia absolutamente tudo, pois o medo de passar fome e sede ainda a assombrava.

A presença constante de Zane era a única coisa que a fazia se sentir segura. Ele estava sempre por perto, sempre presente. Dormia na cama ao lado da dela e sua companhia protetora aliviava um pouco do medo que ela sentia ao acordar abruptamente, sentindo-se aterrorizada. Só de vê-lo na cama ao seu lado era o suficiente para acalmá-la.

Não posso me apegar a ele. Não posso me acostumar a tê-lo por perto.

Ela suspirou ao desligar o Kindle, um presente que Zane lhe dera para evitar que enlouquecesse, e colocou-o na mesinha ao lado da cama. Fora um dia quieto. A mãe dela voltara para Montana e ninguém aparecera para visitá-la ainda. Até mesmo Zane estava estranhamente ausente.

Não posso esperar que ele fique aqui de babá para sempre. É um homem importante com uma empresa muito grande para administrar.

Ao pensar naquilo, Zane entrou pela porta, fechando-a atrás dele.

— O que é isso? — perguntou ela, acenando com a cabeça para a sacola enorme nos braços dele. — Contrabando — respondeu ele com um sorriso raro. — Nós dois sabemos que a comida do hospital é horrível.

Ela prendeu a respiração ao observar a expressão maliciosa no rosto irresistivelmente bonito dele. Quando Zane sorria, era quase contagiante, pelo menos para ela. Ele era sempre tão sério que a expressão maliciosa fez com que o coração dela desse um pulo e um calor se espalhasse pelo corpo.

Ellie observou enquanto ele tirava várias caixas de comida chinesa, alguns petiscos e finalmente um saco com o chocolate favorito dela. Em seguida, ele tirou pratos de papel da sacola e serviu um deles, colocando-o à frente dela com talheres de plástico. — Coma — insistiu ele ao colocar os doces ao lado do prato dela. Logo depois, pegou um refrigerante e abriu-o para ela.

O aroma da comida oriental a deixou com água na boca. Comida chinesa era sua favorita. — Como sabia? — Ele levara seus pratos favoritos.

Ele hesitou antes de responder. — Você e Chloe iam muito a restaurantes chineses. Imaginei que você gostasse.

— E os doces? — Eram seus favoritos, mas ela não os comprava com frequência porque eram caros.

Ele deu de ombros. — É chocolate, certo? Você gosta de chocolate. Pelo menos, gostava quando éramos mais jovens.

Ellie estava convencida de que fora a mente científica dele que resultara em alguns palpites muito bons.

— Também é o meu favorito. Obrigada. — Sem conseguir esperar mais um segundo para comer a primeira refeição decente em meses, Ellie pegou o garfo e preparou-se para atacar o prato. — Pelo menos, não vou ter que me sentir culpada por comer uma tonelada de carboidratos e chocolate.

Zane franziu a testa para ela. — Por que você se sentiria culpada?

Ela revirou os olhos. — Eu era gorda, Zane. Se continuar comendo deste jeito, vou recuperar todos aqueles quilos.

— Ótimo. Você nunca foi gorda. Coma — insistiu ele.

Ela *estivera* acima do peso, mas, no momento não estava. Na verdade, precisava ganhar alguns quilos, o que era uma novidade para ela que sempre fora gorducha desde a infância. Poder comer sem sentir culpa era o único aspecto bom de todo aquele pesadelo.

Ao colocar a comida na boca, ela sentiu Zane observando-a. Mas, ao olhar para ele, Zane afastou o olhar e começou a servir seu prato.

Entre uma garfada e outra, ela disse a ele: — Meu Deus, esta comida está realmente maravilhosa. Ou estou com tanta fome que qualquer coisa que não seja comida de hospital é gostosa.

— É gostosa — confirmou Zane, sentando-se em uma cadeira ao lado da cama e começando a comer. — É a melhor comida chinesa da área. Experimentei todas elas. Também é uma das minhas favoritas.

Ellie o observou discretamente enquanto comia, sentindo o coração bater mais depressa sempre que via Zane. O fato de ser seu salvador fizera com que ela se sentisse atraída por ele novamente.

É adoração ao herói. Tem que ser. Zane foi responsável por salvar a minha vida. Eu não estou atraída de verdade por ele.

Irritantemente, Ellie tinha que reconhecer que não estava totalmente convencida de que seu desejo de devorar *Zane* junto com a comida não era devido apenas ao fato de ele a ter salvado.

Alguma coisa em Zane Colter sempre a atraíra como um ímã gigante. Ela nunca entendera se era porque ele era incrivelmente inteligente ou o cara mais gostoso que já vira. Os cabelos escuros eram um pouco compridos demais e algumas vezes os cachos caíam sobre a testa, fazendo com que ele parecesse mais fácil de abordar.

Ele tinha os olhos cinzentos que eram marca registrada dos Colter, sempre mudando de tom dependendo do humor.

Ela poderia dizer que Zane era simpático, mas ninguém saberia. *Ela* sabia porque o conhecia, entretanto, ele frequentemente era distraído ou quieto, não porque fosse escroto, mas simplesmente porque não tinha nada a dizer.

Ellie tinha certeza de que ele não se importava com status nem com o tipo de roupa que vestia. Na maior parte do tempo, ela o vira de calça *jeans* e camisa de flanela. No verão, ele optava por camisetas. Os pés grandes normalmente estavam em botas de trilha e os cabelos não tinham traços de ordem nem de um corte definitivo. *Não*. Ele certamente não era um cara que passava muito tempo *tentando* parecer na moda. Nunca fora. Talvez fosse por isso que ela sempre gostara dele. Ele era naturalmente muito bonito, mas nunca agira como se soubesse disso.

Ele fora tão antissocial quanto ela na escola. Apesar de as pessoas dizerem que ele era tímido, ela nunca o vira dessa forma. O problema era que Zane era inteligente demais para ser feliz tendo uma conversa que achava irrelevante. Estivera ocupado demais tentando solucionar cada mistério científico que existia no planeta. A maior parte dos outros garotos da escola só queria fazer sexo.

— Estou cheia — disse ela ao empurrar o prato. Ele ergueu o olhar. — Você não comeu quase nada.

— Meu estômago está menor — informou ela. — Você está muito magra — retrucou ele em tom mau humorado.

Ellie riu. — Nunca tive esse problema antes. — Ela ainda estava magra, mas, agora que recebia nutrição e hidratação completas, provavelmente não demoraria muito para ganhar peso. Nunca demorava.

Ela sorriu para Zane, gostando do fato de ele ser direto e sempre dizer o que estava pensando. As palavras dele raramente eram censuradas e ele não parecia se importar se tinha tato ou não.

— Vão deixar você ir para casa daqui a poucos dias. Achei que poderíamos ir para a minha casa em Denver, mas há muitos repórteres do lado de fora. Acho que você ficará mais segura em Rocky Springs.

Minha propriedade lá é segura e, se alguém colocar o pé nela, será preso. Podemos decolar do heliporto no telhado do hospital.

— Zane, não posso ir para a sua casa com você. Ficarei com Aileen por algum tempo, se for preciso, para tentar descobrir o que farei. Você já perdeu tempo suficiente tentando me encontrar e depois cuidando de mim. Tenho que resolver a minha vida bem depressa.

— Você ficará comigo, nem que eu tenha que jogá-la sobre o ombro e levá-la para a minha casa. A casa de mamãe não é segura. Ora, ela nem tem um sistema de alarme. Minha propriedade é cercada. Tenho um laboratório lá que precisa ser protegido. — Ele pegou o prato dela e começou a comer o que sobrara de comida depois de jogar o próprio prato na lata do lixo.

— Meu apartamento...

— Foi alugado. Todas as suas coisas foram mandadas para a minha casa e a mobília foi levada para um depósito.

O coração de Ellie ficou pesado. — Não achei que a dona do apartamento me despejaria.

Em uma voz mais gentil, Zane disse: — Ninguém acreditava mais que você estivesse viva, Ellie. Você ficou desaparecida por sete meses. Não foi exatamente um despejo.

Você acreditava, caso contrário, não teria parado de procurar. Ellie ainda se perguntava por que Zane continuara a procurar mesmo quando a polícia perdera a esperança de encontrá-la com vida.

Ela suspirou e começou a brincar nervosamente com o cobertor branco. — Acho que sim. A vida continuou sem mim.

— Não para todo mundo. E nunca para mim — disse Zane em voz grave ao jogar o segundo prato vazio no lixo e abrir o pacote de doces.

— Por que você e Chloe não desistiram? Por que não simplesmente supuseram que eu estava morta? — Ellie sabia que Zane era analítico e realista. Ele era um cientista. Depois de sete meses, a probabilidade de encontrá-la viva fora praticamente nula. Um cérebro racional como o de Zane deveria ter lhe dito para parar de procurar.

Ele a encarou intensamente, com os olhos sombrios. Ele pegou um dos chocolates que desembrulhara e segurou-o perto da boca de Ellie. Foi uma sensação estranha ter um homem alimentando-a, mas ela abriu os lábios e chupou o chocolate redondo. A explosão de doçura fez com que ela reprimisse um gemido de prazer.

Finalmente, Zane respondeu: — porque eu não queria acreditar, Ell. Até que eu tivesse provas concretas de que estava morta, eu não ia parar de procurar. Simples assim.

O uso da versão mais curta de seu nome deixou Ellie surpresa. Ninguém a chamava assim, exceto ele, o que não acontecia desde a adolescência. Ela sempre gostara disso quando eram jovens. Ellie olhou para ele, hipnotizada pela sua expressão feroz. Zane era um cientista. Obviamente que desejaria encontrar o corpo para a família dela e para Chloe, mas ela achou que os motivos dele eram... diferentes. Como se fosse uma missão pessoal da qual não queria desistir. — Mas não havia esperança.

— Bobagem. Eu sempre tive esperança, Ellie. Conheço você o suficiente para saber que é guerreira. Chloe também acha o mesmo. Nenhum de nós acreditou, nem por um minuto, na suposição imbecil de que você tinha partido com seu carro e nunca voltou. Não fazia sentido. Nós dois descartamos essa teoria assim que a polícia a mencionou.

E graças a Deus por aquilo! Se ele não tivesse sido tão persistente, ela estaria morta.

— Obrigada — sussurrou ela. — Fico grata por não ter desistido de me encontrar. — Se ele tivesse parado de procurar, ela não teria durado muito mais sozinha. Os médicos tinham lhe dito, de forma direta, que ela provavelmente não teria sobrevivido mais um dia sem água, comida ou calor.

— Eu nunca teria desistido — resmungou ele.

Ele deu mais chocolate a ela, impedindo-a de responder. Em certo momento, teriam que conversar sobre os planos dele de levá-la para sua casa. Até então, ela saborearia o doce e o homem que o dera a ela.

O desejo dele de ajudá-la e a gentileza rabugenta eram um lado de Zane que ela nunca vira antes. Obviamente, ela o encontrara muito pouco desde que ele fora para a universidade e voltara um belo adulto. Ela nunca passara tempo suficiente com ele para perceber como era especial agora.

No entanto, ele fizera demais por ela e, depois de algum tempo, entenderia que era melhor que Ellie ficasse com Aileen até estar totalmente recuperada. A imprensa encontraria outra história e pararia de persegui-la. Ela sabia que teria que parar de depender de Zane. Ele a resgatara e era o suficiente. De alguma forma, ela se recuperaria dos danos que tinham sido causados em seu corpo, em sua mente e em sua alma.

Quando ele lhe ofereceu mais um pedaço do chocolate, ela balançou a cabeça negativamente. Ela teria que aprender a resistir à tentação. Por algum motivo, ela tinha certeza de que evitar chocolate não seria o teste mais difícil no futuro próximo, mas certamente era um ponto de partida.

Capítulo 3

Dois dias depois, Ellie ainda não conseguira convencer Zane a ser mais razoável nem sensato. Ela não sabia exatamente quando ele se tornara tão teimoso e mandão, mas Zane conseguia ser implacável e arredio quando queria muito alguma coisa ou achava que era a melhor solução.

Ela sabia que teria que desfazer os vínculos com ele logo ou acabaria precisando vê-lo sempre que sentisse medo.

— Não vou para casa com você — disse Ellie a ele em tom de teimosia enquanto uma enfermeira a empurrava em uma cadeira de rodas em direção ao elevador após receber alta.

— Receio que você não tenha opção. Sou sua carona para fora daqui. A imprensa ainda está acampada do lado de fora do hospital. Acho que você terá que ficar — retrucou Zane ao andar ao lado da cadeira de rodas.

Ellie cruzou os braços e encarou-o friamente. — Você armou isso tudo. Aileen não atende o telefone e não vejo Tate e Lara há dois dias.

Zane deu de ombros de forma um pouco inocente demais. — Talvez estejam ocupados.

Ellie gostava de Zane, mas ele estava sendo manipulador e nada razoável. — Eu gostava de você — resmungou ela baixinho.

— Você disse alguma coisa? — perguntou ele em tom educado.

— Não. Olhe, você sabe que quero voltar para Rocky Springs. Provavelmente você é necessário *aqui* no seu laboratório. Não faz sentido eu ficar na sua casa sozinha. Nem mesmo tenho carro mais e preciso poder me movimentar. Tenho que procurar um emprego e resolver tudo o que ficou para trás. Isso nem é razoável. Você fez o suficiente por mim, Zane.

— Até que esteja melhor, estarei por perto, Ellie — disse Zane ao saírem por uma rampa até o telhado. Ele a tirou da cadeira de rodas e acenou com a cabeça para a enfermeira, uma mulher que ficara completamente quieta e desapareceu em silêncio.

Ellie estava confusa quando Zane a colocou dentro de um helicóptero, colocou a mochila dela com os poucos pertences que tinha no banco de trás e sentou no assento do piloto.

— Vamos mesmo voar até em casa? — gritou ela, ainda atônita quando ele colocou fones de ouvido com microfone na própria cabeça e, em seguida, na cabeça dela.

— É um longo caminho para ir de carro. Não vou fazer você passar pela multidão de repórteres e depois fazê-la ficar sentada em um carro por tanto tempo. — Ele metodicamente prendeu o cinto de segurança dela e, em seguida, o seu. — Eu lhe disse que íamos voar.

Ela levou um susto ao ouvir a voz baixa e rouca dele nos fones de ouvido. Zane *dissera* que a levaria de helicóptero, mas a realidade do cenário não registrara em sua mente. Como Chloe fora amiga dela durante a maior parte da sua vida, era fácil esquecer como a família Colter era ridiculamente rica. Apesar de serem muito ricos, a maior parte da família era simples. Claro, eles tinham uma quantidade enorme de propriedades, mas nenhum deles era esnobe. Chloe era a mulher mais doce que Ellie já conhecera e odiava a vida dos muito ricos. A amiga dela preferia estar com os cavalos que amava tanto a ir a uma festa dos ricos.

Quando ele ligou o helicóptero, ela perguntou curiosa: — Você sabe mesmo pilotar esta coisa? — *A maioria dos caras ricos não tem um piloto?*

Ele deu de ombros. — É claro. É mais eficiente ir de um lado a outro. Tenho um piloto para o jatinho, mas geralmente piloto eu mesmo o helicóptero e os aviões menores. Posso não ser um piloto tão bom quanto Tate, mas sou competente o suficiente. — Ele começou a fazer algumas verificações e falar com o que ela supôs ser um centro de controle de tráfego aéreo.

Ellie não tinha dúvidas de que Zane era habilidoso em tudo o que fazia. Quando finalmente decolaram, ela sentiu um frio na barriga. — Ai, meu Deus. Nunca voei antes. — Ela colocou a mão na barriga.

— Você vai ficar bem? — A voz dele soou preocupada.

Enquanto o helicóptero voava, o medo de Ellie começou a desaparecer quando ela olhou para a paisagem abaixo depois de saírem da área metropolitana de Denver. — Sim. Quero dizer, não vou ficar enjoada nem nada. Isto só é... diferente.

— Aguente firme. Não demora muito de helicóptero.

— Não se apresse — disse ela sem fôlego, maravilhada com a experiência de ver o Colorado de cima. — É maravilhoso. — Você nunca voou antes, de verdade? Nem mesmo em um avião comercial?

— Não. Nunca saí do Colorado. — Sinceramente, ela nunca fora muito longe de sua cidade natal. — Quando as coisas ficaram bem ruins e tive certeza de que morreria, um dos meus arrependimentos foi que nunca saí de Rocky Springs.

— Que outros arrependimentos você tem? — perguntou ele com voz rouca.

Que nunca beijei você!

Ellie não pretendia revelar todas as epifanias que tivera ao achar que seu tempo na Terra terminara — Muitas coisas. É estranho as coisas em que você pensa quando subitamente percebe que fez muito pouco na vida e tem certeza de que morrerá.

— Quais? — insistiu ele.

Ellie suspirou. — Eu tinha acabado de começar um pequeno negócio secundário quando James me sequestrou. Não tinha dado muito retorno ainda, mas estava crescendo devagar. Lamentei não ter começado antes para que pudesse ver se as pessoas gostariam dos meus produtos. — Ela fez uma pausa e acrescentou: — E nunca me apaixonei de verdade nem tive um cara que fosse louco o suficiente para realmente namorar comigo. — Ela nunca recebera flores nem tivera um jantar romântico. — E nunca beijei de forma tão apaixonada que esquecesse o resto do mundo e ficasse sem fôlego — admitiu ela relutantemente.

— Você namorou — retrucou Zane.

— Um pouco — admitiu ela. — Mas foi algo bem casual. Eu era gorda e não era bonita o suficiente para atrair olhares. E os caras que queriam sair comigo ficavam entediados bem depressa. Não tenho uma vida muito empolgante e normalmente estava mais interessada em cuidar do meu negócio do que sair com alguém.

— Você sempre foi linda. Ell. Que tipo de negócio?

Lá estava aquele apelido íntimo de novo. E o comentário dele sobre achá-la linda a deixou surpresa.

— Só uma lojinha on-line. Faço velas, óleos essenciais, loções e sabonetes. Mexo um pouco com fragrâncias pessoais, mas a maior parte tem relação com aromaterapia. — Ela olhou pela janela, notando que estavam chegando a uma área com populações esparsas. Ela ficou maravilhada com a vista dos picos cobertos de neve nas Montanhas Rochosas. Apesar de vê-las o tempo inteiro, elas pareciam diferentes de cima.

— Você acredita nos poderes curativos dos aromas?

Ellie não soube dizer se Zane estava rindo dela ou se estava apenas curioso. — Até certo ponto — respondeu ela com sinceridade. — Não acho que seja uma cura de verdade para doenças, mas acho que certos aromas podem afetar o humor e criar uma sensação de bem-estar. É algo pelo que me interessei durante anos e tudo que sei, aprendi estudando sozinha. Mas adoro fazer os produtos. Adoro fazer com que as pessoas se sintam... mais felizes.

— Você fazia isso tudo naquele apartamento minúsculo? — Zane começou a descer o helicóptero ao chegar aos vales entre os picos.

— Sim. Não era fácil. Tenho certeza de que todos os meus suprimentos e equipamentos desapareceram.

— Eles estarão na minha casa — garantiu ele. — Nada foi jogado fora.

— Aposto como fui crucificada por e-mail por alguns clientes, pois havia pedidos que não entreguei porque estava... — Ela engoliu em seco. — Indisponível.

Zane manobrou o helicóptero com habilidade sobre a pista pequena e pousou-o gentilmente no solo.

— Vai ficar tudo bem — disse ele em tom confiante. — Dê tempo ao tempo, Ellie. — Ellie tirou os fones de ouvido, perguntando-se como Zane sempre parecia saber o que ela estava pensando. Provavelmente, sua insegurança transparecia, pois ela ainda se sentia perdida. E, por algum motivo estranho, Zane parecia sentir isso.

Alguém provavelmente levara o carro dele até lá, pois ele a tirou diretamente do banco do helicóptero para dentro de um SUV preto.

Por reflexo, Ellie se encolheu ligeiramente quando ele a pegou nos braços fortes, uma reação da qual ainda não conseguira se livrar quando alguém a tocava. Mas logo ela relaxou e colocou os braços em volta do pescoço de Zane, com o rosto tão perto do dele que poderia se inebriar com o perfume masculino. — Eu consigo andar, sabia? — perguntou ela em tom nervoso. A sensação do corpo forte embalando-a nos braços era boa demais, segura demais.

Ele a olhou irritado. — Com esses sapatos finos? Nem pensar.

Ela estava usando um par de tênis, mas não havia neve na pista.

Ela não discutiu quando ele a colocou no banco do passageiro do SUV. Naquele momento, um homem que ela não conhecia saiu correndo do hangar para cuidar do helicóptero. Provavelmente era um funcionário. Como ela nunca fora ao aeroporto particular dos Colters, não sabia ao certo.

O veículo de Zane estava quente e Ellie começou a sentir calor por causa da quantidade de roupas que ele insistira para que usasse, já que era um dia frio. Ela tirou o gorro e desenrolou o cachecol do pescoço, colocando os dois itens no colo. Em seguida, abriu o casaco. Eram roupas que Zane levara consigo ao buscá-la para ir para casa.

Zane sentou no banco do motorista e rapidamente fechou a porta. — Estaremos em casa daqui a pouco. Você está bem?

— Estou — garantiu ela. — Mas não tenho mais casa.

— Você tem a minha — resmungou Zane ao colocar o carro em movimento. — Você não precisa ser tão teimosa. É o lugar mais seguro para você no momento.

— Não estou tentando ser teimosa. Mas é desorientador saber que não tenho mais um lugar meu para onde ir. Não consegue entender isso?

— Sim, é compreensível. Mas é uma coisa com a qual você não precisa se preocupar agora. Ficará melhor e depois disso poderá conquistar o mundo.

Ellie se recostou no banco, sabendo que teria que aceitar a casa temporária com Zane. Obviamente, a família dele concordava com o plano dele e cooperara para que ele conseguisse o que queria. Apesar de estar furiosa por Zane ser tão autoritário, ainda estava grata por ele se importar o suficiente para abrir sua casa para ela. Quantos caras ricos e ocupados teriam dedicado a ela o tempo que Zane dedicara? Ellie não conseguia entender *por que* ele dedicara tanto tempo e esforço com ela, mas não podia descartar a bondade dele. — Obrigada.

— Não é problema nenhum. Tenho que ficar aqui pelo resto do feriado e tenho um laboratório pequeno onde posso trabalhar.

— Você também trabalha aqui?

— Sim. Especialmente projetos pessoais, coisas que precisam de estudo constante e replicação.

— Como o quê? — perguntou ela curiosa. — Você gosta do que faz? Sei que era obcecado em mudar o mundo com a ciência desde que éramos jovens. Ainda é?

Zane deu de ombros. — Basicamente, sim. Mas eu era muito ingênuo, mesmo quando estava na universidade. Não percebi quanta merda acompanha a ciência.

— Como? — O estudo científico sempre fora a vida de Zane. Ellie nunca o ouvira falar nada de ruim sobre isso.

— Estudos irresponsáveis. Relatórios mentirosos. Alguns lugares lançando supostos estudos científicos sem provas suficientes e sem replicação. Nenhum grupo de controle real e nenhum grupo grande o suficiente para ter alguma precisão. Tantos estudos científicos são mal feitos só por sensacionalismo ou ganho financeiro. Só porque um único teste em ratos de laboratório mostra que algo é uma possibilidade não significa que funcionará sempre para humanos, mas a imprensa insiste até que seja tomado como verdade.

— Mas as empresas querem ter lucro, suponho — comentou Ellie, tocada pela forma como Zane levava a profissão a sério.

— Meu laboratório é muito lucrativo, mas ele pode ser lucrativo e ético ao mesmo tempo — disse Zane em tom firme.

— Então, o fato de eu estar na sua casa não vai fazer com que queira estar no laboratório principal porque tem um instalado em casa?

— Mesmo se não tivesse, minha prioridade é ver você se recuperar. Ninguém merece o que aconteceu com você. E você não teve culpa nenhuma. Lugar errado na hora errada.

— Por que está fazendo tudo isto? Não entendo — perguntou ela finalmente. — Não nos encontramos muito desde que terminamos a escola. Não éramos muito amigos.

— Porque eu quero — respondeu ele em tom enigmático.

— Por quê? — Ela recostou a cabeça no encosto do banco, sentindo-se física e emocionalmente cansada.

— *Você* pode não *me* considerar seu amigo. Entretanto, nunca deixei de pensar em *você* como *minha* amiga. Você me ajudou no passado. Nunca me tratou de forma diferente na escola, apesar de eu ser um *nerd* da ciência e esquisito. Você me ajudou a organizar alguns dos meus projetos de pesquisa da escola e sempre foi simpática comigo. Nunca deixei de ser seu amigo só porque me mudei para longe — disse ele em tom rouco.

O coração de Ellie derreteu quando ela percebeu a insegurança nas palavras dele. Zane fora um solitário durante a adolescência, principalmente porque estava mais interessado em ciência do que em pessoas. Mas poucos garotos na escola o tinham conhecido de verdade. No fundo, Zane fora um adolescente gentil e inteligente. Ao amadurecer, obviamente não mudara. Sim, ele se tornara mais mandão e determinado a ter as coisas do seu jeito, mas o coração do jovem que ela conhecera não mudara.

— Também nunca deixei de pensar em você como um amigo — admitiu ela, sabendo que pensara nele muito mais do que deveria no decorrer dos anos. — Você também sempre foi simpático comigo, apesar de eu ser gorda e nada popular na época da escola. Significou muito para mim. — Na verdade, todos os irmãos de Chloe tinham sido simpáticos. Mas, como Marcus e Blake eram mais velhos, eles estavam terminando o segundo grau quando ela e Chloe o começavam. Tate sempre fora doce, mas as garotas eram atraídas por ele como moscas. Ele praticamente tinha o próprio harém, mesmo na escola. Como Chloe, Tate e Zane tinham idades próximas, Ellie nunca entendera como a mãe de Chloe sobrevivera estando sempre grávida por mais de dois anos.

Tate era mais jovem, com idade mais próxima à dela e à de Chloe, mas ela só o conhecera superficialmente. Fora Zane que chamara sua atenção naquela época, provavelmente porque era mais amigável, muito mais parecido com ela. Ele estava quase sempre sozinho e provavelmente se sentia deslocado. Eles iniciaram a amizade quando ela vira a frustração dele diante do tédio de organizar sua pesquisa. Ela se oferecera para colocar tudo em ordem depois de questionar sobre as diversas partes das anotações dele. Apesar de o material ser um mistério completo para ela, Ellie colocara tudo em uma ordem lógica, o que não exigia nenhuma genialidade.

Ele deu de ombros. — Eu gostava de você. E não gosto de muitas pessoas. — Ellie riu da sinceridade dele, uma parte de Zane que adorava secretamente. Ele não gostava muito de jogar conversa fora. Se parecia socialmente estranho às vezes, ela atribuía o fato à inteligência dele. Ele não se comunicava no mesmo nível que a maioria das pessoas. Não era que não conseguia, só não fazia isso, provavelmente porque a maioria das pessoas se sentia intimidada demais para conversar por ele. Se não o conhecesse, Ellie se perguntava como seria ousado se aproximar de um homem que tinha um dos cérebros científicos mais brilhantes do país. Felizmente, ela sabia que havia muito mais por trás do *nerd* da ciência que ele alegava ser. Enquanto Ellie pensava em todas as coisas que Chloe lhe contara sobre os irmãos no decorrer dos anos, ela subitamente se lembrou de uma coisa. Era algo que ainda não compreendia. — Você não tem uma namorada que ficará chateada se eu ficar na sua casa? Ela não virá para os feriados? — perguntou ela curiosa.

— Não. Não estou interessado em uma mulher que finja gostar de mim só por causa do meu dinheiro ou do status do nome Colter.

Ela sentiu o coração pesado ao pensar no fato de que as mulheres *provavelmente* o perseguiam porque ele era um dos bilionários da família Colter. — Nem todas as mulheres são assim, Zane. Você não conheceu nenhuma que não estivesse interessada só nisso?

— Não — respondeu ele.

— Mas você namorou. Chloe me disse certa vez que você tinha uma namorada. — Ellie ainda se lembrava de como se sentira ao saber que Zane estava namorando seriamente uma mulher de Denver. Apesar de não tê-lo encontrado em muito tempo, Ellie ainda sentiu uma estranha sensação de... perda.

— Namorei, mas não durou muito tempo. Ela ficou entediada e foi procurar outra pessoa. Descobriu que eu não tinha vida glamorosa, cheia de festas infindáveis e férias exóticas. Depois de algum tempo, ela percebeu que eu trabalhava de verdade. E muito. Dei a ela todas as coisas materiais e o dinheiro que queria, mas não o estilo de vida com que sonhava.

Ellie cruzou os braços furiosa. — Então ela não merecia você. Que vá em paz, digo eu. — Ela hesitou antes de perguntar: — Ela magoou você?

Ele ficou em silêncio por um momento, como se estivesse considerando a pergunta. Finalmente, disse: — Na verdade, não. Foi quando eu percebi que estaria melhor sem um relacionamento. Agora só trepo e esqueço qualquer coisa de longo prazo.

Ele tentou soar despreocupado, mas Ellie percebeu a tristeza em sua voz. A garota *magoara* Zane, o que o deixara desconfiado e cauteloso. — Lamento por ela ter magoado você — disse Ellie baixinho.

— Ela não me magoou — retrucou ele.

— Sim, magoou. Mas só não era a mulher certa. Acho que há alguém para todo mundo se tenha sorte suficiente de encontrar a pessoa certa — disse Ellie.

— Então por que ainda está solteira? — perguntou ele.

— Eu estava esperando. Algum dia, espero que alguém realmente me *veja*, e não só o que sou por fora.

— Você é muito linda. Se alguém a vê de forma diferente, é um idiota.

— Sou simples, eu era gorda e agora estou magra demais. Não gosto muito de ir a bares nem a festas. Prefiro ler um bom livro ou fazer velas na maior parte do tempo. Isso parece empolgante para você? — perguntou ela em tom seco.

— Não há nada de errado em ser diferente, Ell — retrucou Zane.

— Eu poderia dizer o mesmo a você — respondeu ela em tom leve, mas com o coração feliz pelas palavras dele.

Ele não respondeu enquanto parava na entrada da casa imensa. Os portões de ferro eram incrivelmente altos e as pontas no topo pareciam afiadas. Ninguém são tentaria passar sobre um dos muros daquela fortaleza.

Ela observou quando ele digitou um código e os portões de ferro começaram a abrir.

— Meio paranoico, não? — perguntou ela curiosa.

— Tenho que ser. Já tentaram roubar a minha pesquisa vezes demais. Não posso usar cercas elétricas por causa da vida selvagem, mas o lugar é o mais seguro possível.

Ellie acreditava naquilo. Viu câmeras de vídeo e luzes com sensor de movimento acenderem ao percorrerem o caminho. — É tão ruim assim?

— O suficiente para que eu tenha cuidado — respondeu ele ao parar o carro dentro de uma garagem enorme. — Como mantenho um laboratório de pesquisa aqui, sou cuidadoso. Sou rico o suficiente e o laboratório me deixou ainda mais rico. Posso não ligar para o dinheiro, mas há muito a ganhar com a pesquisa certa em biotecnologia.

— O seu laboratório aqui... fica na casa? — Não que ela duvidasse de que um laboratório *coubesse dentro* da mansão imensa que vira brevemente no caminho. Mas estava ficando tarde e, como era inverno, anoitecia cedo. Ela não vira muito além do tamanho da casa.

Ele balançou a cabeça negativamente ao desligar o motor. — Não na área habitável principal. Ele fica no subterrâneo.

Ellie ergueu a mão quando ele foi em direção ao lado do passageiro para ajudá-la a sair. — Consigo caminhar. Quero caminhar. — Depois de ficar em uma cama por tanto tempo, era bom caminhar.

Ele franziu a testa. — O médico disse para não fazer esforço físico por algumas semanas.

Ela olhou para ele com expressão teimosa. — Não acho que caminhar seja esforço físico pesado. Estou bem. De verdade. Por favor.

Relutantemente, ele pegou a mochila dela do banco traseiro e destravou a porta, esperando que ela desse a volta no SUV. Ele andou ao lado dela enquanto Ellie subia os poucos degraus da garagem para dentro da casa.

— Merda!

Ellie ouviu o xingamento baixo e frustrado atrás de si. — O que foi?

— Esqueci de pedir a alguém que viesse limpar tudo. A casa está uma bagunça — respondeu ele um pouco constrangido.

Ela parou e virou-se, com lágrimas nos olhos. — Acha que me importo com isso? Você está me dando um lar temporário. Estou grata.

Era difícil acreditar que ele se importava com o fato de não ter mandado fazer uma limpeza porque ela estaria lá.

— Eu me importo. Você merece coisa melhor do que o buraco que foi forçada a aguentar por meses. — Ele soltou a mochila no chão do saguão e avançou até que ela estivesse com as costas contra a parede. — Você passou pelo inferno. Quero que tenha algumas das coisas que não teve enquanto estava prisioneira daquele filho da puta psicótico.

Ellie suspirou quando ele chegou perto o suficiente para que ela sentisse seu cheiro e pudesse tocá-lo. — O que está fazendo? — Ela olhou para ele curiosa quando Zane colocou as mãos na parede nos dois lados de seu corpo, temporariamente envolvendo-a com seu calor.

A expressão dele era intensa e os olhos acinzentados ardentes o suficiente para queimá-la ali mesmo. — Dando a você algo que nunca teve. Vou deixar você sem fôlego. Beije-me, Ellie — exigiu ele quando alguns cachos dos cabelos escuros caíram sobre os olhos dele.

— P-por quê? — gaguejou ela, querendo nada além de obedecer ao comando dele. Ela queria o corpo rígido pressionado contra o seu, a boca sobre a sua, fazendo com que se sentisse viva de novo.

Não houve um segundo sequer de pânico quando ele a prendeu. Ele não estava encostando nela. Mas, por Deus, ela queria que ele a tocasse... desesperadamente.

— Porque eu disse para me beijar — respondeu ele em tom arrogante. — Quero lhe dar uma coisa que nunca teve. Na verdade, muitas coisas.

— Devo obedecer a todos os seus comandos? — perguntou ela, atônita porque não conseguia acreditar que ele a olhava como se realmente *quisesse* beijá-la. Só de olhar para a expressão feroz no rosto dele quase a deixou sem fôlego.

— Não. Seria mais fácil se obedecesse, mas sei que isso nunca acontecerá. — Assim que terminou de dizer isso, ele baixou a cabeça, com os lábios tão perto dos dela que Ellie sentiu o calor do hálito dele.

As sensações que a bombardearam fizeram com que ela estremecesse. Lentamente, ela subiu as mãos pelo peito dele. Ela afastou os cachos dos olhos dele e passou os braços em volta de seu pescoço. — Você não precisa fazer isso só porque foi um desejo bobo e insatisfeito que tive quando achei que ia morrer — sussurrou ela nervosa.

— Não estou. Estou fazendo isso por mim também — respondeu ele bruscamente. Em seguida, colocou a mão na nuca de Ellie e baixou a boca sobre a sua.

Capítulo 4

O abraço dele foi tudo com que Ellie sempre sonhara... e muito mais. Hipnotizada pelo calor da boca de Zane, ela se abriu para ele e deixou que a explorasse com a língua, com a doçura exigente quase deixando-a de joelhos. Se ele não tivesse passado um braço em volta da cintura dela, Ellie talvez tivesse gemido como uma idiota.

Ela *esqueceu* tudo, exceto o sangue que pulsava com força em suas veias e a sensação do abraço exigente de Zane.

Ela queria que o beijo durasse para sempre, mas ele se afastou e mordeu de leve os lábios dela. Em seguida, colocou a boca sobre a sua novamente com uma doçura que Ellie nunca conhecera.

Quando ele finalmente deu um passo atrás, o corpo inteiro de Ellie tremia. E ela *certamente* estava sem fôlego.

— Seu desejo foi atendido? — perguntou Zane com a voz baixa e sensual.

— S-sim — gaguejou ela ao se esforçar para respirar normalmente de novo, com o cérebro e o corpo ainda em chamas.

— Você se esqueceu de tudo? Ficou sem fôlego? — Completamente — admitiu ela depressa. — E você? Você disse que não era só por mim.

Ele assentiu. — Estou satisfeito... por enquanto.

Zane pegou a mochila dela e pegou-a pela mão, passando pela cozinha imensa e indo para a sala de estar.

Nenhum dos dois parecia querer falar, pois poderia arruinar a conexão mágica que acabara de acontecer no corredor.

Foi incrível para mim, mas talvez tenha sido apenas um beijo normal para ele.

Dizendo a si mesma que estava sendo tola por analisar um simples beijo, ela disse: — Esta casa é enorme. — O teto era tão alto que ela precisou inclinar o pescoço para vê-lo.

Zane tirou o casaco e estendeu as mãos para ajudá-la a tirar o seu. — É grande — admitiu ele. — Vou lhe mostrar a casa toda.

Ellie ficou sem fala quando ele lhe mostrou alguns dos quartos no térreo, cada um do tamanho de seu antigo apartamento e com banheiros próprios. O quarto principal tinha uma porta que levava a uma área com uma fonte termal, algo que todos os Colters pareciam ter em casa. Mas, quando finalmente entraram em um aposento imenso, com piso de mármore e uma piscina interna, ela soltou uma exclamação. — Isto é inacreditável. — Ela não conseguia imaginar ser capaz de nadar o ano inteiro.

— Há uma academia depois daquela porta. — Ele apontou para uma porta no lado oposto do aposento.

Quando ele terminou de mostrar a casa a ela, incluindo o quarto no andar de cima onde seus pertences estavam guardados, Ellie estava exausta. Ela o seguiu para o térreo até a cozinha.

— Quer que eu use o quarto onde estão as minhas coisas? — perguntou ela em tom incerto.

— Claro que não. Aquele lugar está uma bagunça. Você poderá organizá-lo quando estiver se sentindo melhor. Use um dos quartos no térreo. Assim, não precisará subir e descer a escada o tempo todo. Quer suas roupas?

Ellie balançou a cabeça negativamente. Nenhuma de suas roupas antigas caberia. — Vou dar uma olhada nelas amanhã. — Ela recuperaria o que fosse possível.

Ellie conseguia sentir a tensão entre eles e ficou imaginando se seria melhor que ele simplesmente lhe mostrasse qual seria seu quarto e fosse dormir.

— Não vou pedir desculpas por ter beijado você — disse Zane baixinho, inclinando o corpo para trás ao colocar as mãos nos bolsos da frente da calça *jeans*.

Ellie levou um susto com a mudança abrupta de assunto, mas obviamente ele estivera pensando naquele beijo tanto quanto ela durante o passeio pela casa. Os dois tinham tirado os casacos antes de começar a andar pela casa, mas Ellie ainda se sentiu quente ao olhar para a expressão teimosa de Zane. Ela não conseguiu impedir que seus olhos passeassem pelo corpo musculoso quando ele finalmente encostou o quadril no balcão da cozinha e cruzou os braços sobre o peito, esticando o tecido do belo suéter verde que vestia.

— Não pedi que fizesse isso — respondeu ela rapidamente. — E também não vou pedir desculpas por retribuir o beijo. — Ela ficou em silêncio por alguns segundos antes de dizer: — Talvez seja melhor tentarmos esquecer que aconteceu. Tudo tem sido emotivo demais desde que você me encontrou.

— Eu nunca vou me esquecer — disse ele em tom gutural. — Algumas vezes, não consigo parar de olhar para você porque ainda não acredito que está aqui, que realmente está viva. Eu tinha que tocar em você, Ell. — Ele fez uma pausa dramática, parecendo querer dizer mais sobre suas motivações, mas não disse. Abruptamente, ele se virou para a geladeira e mudou de assunto, com a voz novamente casual. — Agora, vejamos se há alguma comida na casa. Não faço ideia do que há aqui.

— Não estou com essa fome toda — protestou Ellie, confusa com a confissão de Zane. Talvez tudo ainda parecesse surreal para ele, como era para ela. Talvez apenas precisassem momentaneamente de algum tipo de conexão. — Não importa. Você precisa comer. — Ele se virou, voltou para o corredor, pegou a mochila que ela trouxera do hospital e foi para o corredor onde ficavam os quartos. Ellie o seguiu. Ele parou em um dos quartos para deixar a mochila. — Você pode ficar aqui — instruiu ele ao parar na porta para sair da suíte.

— Estarei logo adiante no corredor. — Ele apontou para o quarto principal com a fonte termal.

A suíte em que ele lhe colocara era um quarto enorme e lindo, com uma área de estar e um banheiro privativo. Entretanto, Ellie não teve muito tempo para observá-la, pois Zane pegou sua mão e puxou-a de volta para a cozinha.

Ellie observou enquanto ele vasculhava os armários e a geladeira. Ela sorriu, pois ele parecia muito fofo enquanto olhava tudo, parecendo não saber ao certo o que havia nos pacotes nem o que fazer com eles.

— Deixe-me adivinhar... você não sabe cozinhar. — Ela cruzou os braços e apoiou o traseiro no balcão.

Ele virou a cabeça e olhou-a com expressão interrogativa. — Como sabe?

— Talvez porque você acabou de passar sobre vários itens comestíveis, mas ignorou todos eles porque exigem algum tipo de preparação. — Ela foi até a geladeira. — Saia da frente — insistiu ela, empurrando-o para o lado com o quadril.

Ela inspecionou o conteúdo da geladeira, notando que não havia muita coisa dentro dela. — Você não tem nada descongelado, mas acho que consigo preparar um café da manhã para o jantar. — Havia muitos ovos, queijo e um pouco de presunto fatiado. Ela também encontrou algumas batatas que pareciam relativamente novas.

— Não sou exigente — concordou ele prontamente — Mostre-me como fazer e eu prepararei tudo. — É sério que você não sabe cozinhar? — perguntou ela curiosa. — Como você come? Ele deu de ombros. — Em Denver, peço comida ou compro coisas que posso colocar no micro-ondas. Tenho uma pessoa que cuida da minha casa. Ela fica com pena de mim e leva refeições que posso comer rapidamente. Quando estou aqui, normalmente tenho ingredientes para fazer sanduíches. Mas acho que eles acabaram.

Ellie pegou uma caixa de ovos e alguns outros itens antes de procurar uma frigideira grande. Era engraçado que um cara com o QI dele não soubesse preparar um ovo.

Ele é um bilionário. Não precisa saber cozinhar.

Ellie nem conseguia imaginar como era ter tanto dinheiro que era possível simplesmente contratar alguém para fazer as tarefas cotidianas. Estranhamente, ele não parecia ter uma pessoa assim ali em Rocky Springs. Quando ele dissera que a casa estava uma bagunça, não fora mentira. O lugar precisava de uma boa limpeza e havia pilhas de papéis e outros itens por toda parte que nunca tinham sido organizados.

Ele observou enquanto Ellie trabalhava, sem se afastar muito com medo de que ela pudesse cair a qualquer momento. Era uma atitude adorável, mas também irritante.

— Estou bem, Zane. De verdade. Sinto-me melhor só de poder sair da cama e ficar de pé. — Encontrar uma tarefa para fazer para ele a deixou menos cansada e sentindo-se menos inútil, tirando a mente dos problemas.

— Esqueci de chamar alguém para arrumar a casa ou pedir a alguém que trouxesse o jantar — resmungou ele.

— Não importa — respondeu ela com sinceridade. — Quero ajudar enquanto estiver aqui.

— Você precisa descansar.

— Cozinhar algo simples não é trabalho duro — disse ela em tom brincalhão. — Sente-se. — Ela acenou para a mesa da cozinha.

Ele se sentou e agradeceu quando ela colocou um prato à sua frente, contendo omelete, torradas e batatas fritas. Em seguida, ela colocou um outro prato com uma porção melhor no outro lado da mesa. Enquanto pegava os talheres, ela abriu a geladeira e pegou duas latas de refrigerante, colocando-as sobre a mesa antes de se sentar à frente dele.

— Viu só? Não foi tão difícil — disse ela com um sorriso provocante. — Você faz parecer fácil — murmurou ele com voz profunda.

— Minha mãe tinha que trabalhar muito quando eu era criança. Aprendi a cozinhar muito cedo — explicou ela. — Ela precisava de ajuda em casa.

Ellie comeu devagar, observando Zane, que devorava a comida como se fosse a melhor refeição da vida. Quando comeu tudo o que conseguiu do próprio prato, ela o empurrou sobre a mesa. — Terminei. Pode terminar?

Ele a encarou com desgosto. — Você não comeu quase nada.

— Você sabe que não consigo comer muito. — Ellie sabia que seu corpo engordaria em breve. Ela já ganhara alguns quilos e, com o metabolismo lento que tinha, não demoraria para recuperar todo o peso que perdera. Ela estava determinada a ficar de olho no peso e não ganhar os quilos extras de que não precisava.

Ele pegou o prato dela e colocou sobre o seu. Em seguida, devorou rapidamente o que sobrara da comida dela.

Ao terminar, ele se recusou a deixá-la se levantar e ajudá-lo a limpar tudo.

— Você cozinhou, eu posso limpar. Sei como colocar as louças na máquina — insistiu ele ao acenar para que ela se sentasse novamente.

Ela se sentou e observou enquanto o corpo grande dele se movia de forma eficiente pela cozinha. Ele podia não saber cozinhar, mas foi rápido ao colocar as louças na máquina e ligá-la.

Zane era alto e musculoso, mas naturalmente ágil. Seu corpo era mais o de um corredor do que um levantador de peso. Ele não tinha nenhuma gordura em excesso, o que era decepcionante. Ellie gostaria de ver uma falha, por minúscula que fosse, em Zane, o que o tornaria mais humano. Mas o corpo dele era bem esculpido e, mesmo com a barba por fazer e os cabelos escuros um pouco compridos demais, ele era praticamente perfeito.

Com um suspiro silencioso, ela percebeu exatamente por que sempre se sentira atraída por ele. Zane era perfeito, mas era um enigma, um quebra-cabeça com tantas peças que ela nunca conseguira encaixá-las. Ele era gentil, lindo demais, mas às vezes um pouco esquisito, o que era fofo, considerando que era muito gostoso em todos os outros aspectos.

Ao olhar em volta, Ellie percebeu que ele ainda era desorganizado, mas isso era perdoável, pois era um gênio. O foco dele geralmente estava em uma única coisa: no trabalho.

Havia coisas que ela não conseguia entender... como o motivo pelo qual ele a beijara. Por que a estava ajudando, quando poderia ter deixado a tarefa para a mãe dele... ou a dela. Ela sabia que sua mãe teria ficado se realmente precisasse dela. Entretanto, Zane prometera que cuidaria de Ellie até que a mãe pudesse voltar para outra visita. Convencida de que a filha ficaria bem, ela voltara para Montana, pois precisava trabalhar.

Os instintos protetores de Zane faziam com que ela se sentisse segura, mas também a deixavam perplexa. Ellie não estava acostumada a ter alguém que se importasse com ela ou com o que lhe acontecia, exceto Chloe. Ele salvara a vida dela devido à sua natureza persistente, e Ellie estava grata, mas ainda não conseguia entender por que Zane simplesmente não desistira como todos os outros. Sete meses era um longo tempo.

Ela correu os dedos pelos cabelos, o que a fez lembrar que precisava cortá-los para que voltassem a ser saudáveis, pois estavam muito danificados. A ideia a deixou um pouco deprimida, pois os longos cabelos loiros eram uma das únicas coisas de que jamais deixara de gostar em sua aparência.

— Qual é o problema? Você parece triste — comentou Zane ao sentar novamente à mesa e tomar um gole de refrigerante.

— Preciso cortar meus cabelos — respondeu ela em tom solene. — Eles estão danificados e, para que voltem a ser saudáveis, vou ter que cortar a maior parte deles. — Os cabelos, que tinham demorado anos para crescerem saudáveis e até o comprimento em que estavam, desapareceriam em questão de minutos.

Zane pareceu confuso. — Então corte-os. Eles crescerão de novo. — Eles são a única coisa de que eu gostava na minha aparência. Eu gostava dos meus cabelos.

Ellie sabia que não era realmente a questão dos cabelos que a incomodava. Todo o sofrimento pelo que passara começava a atingi-la com intensidade e a perda dos cabelos era simplesmente um símbolo do que perdera. Ela começava a absorver a realidade.

— São apenas filamentos de proteína e células mortas, Ellie. É apenas cabelo — disse ele com voz rouca.

— Eu sei. — Ela assentiu com os olhos cheios d'água. — É idiota ficar chateada com algo tão superficial. Acho que só estou começando a perceber como tudo mudará, de quantas coisas terei que cuidar e como elas serão diferentes. Não tenho emprego nem casa. É como se a vida tivesse continuado sem mim, mas continuo aqui. Agora, estou presa em algum lugar entre existir e não existir. Não sei para que lado me virar.

Zane se levantou, pegou-a no colo, carregou-a para o quarto que destinara a ela e deitou-a gentilmente na cama. — Você precisa dormir. Não pense demais, vai acabar desesperada. Dê um passo de cada vez. Não posso prometer que amanhã se sentirá normal de novo. Mas prometo que farei tudo ao meu alcance para que seja feliz de novo.

— Não me sinto normal — disse ela sem fôlego, sentindo o pânico invadi-la.

Zane tirou as botas e subiu na cama enorme, pegando-a nos braços antes de dizer: — Você se sentirá normal de novo, Ell. Prometo.

As palavras de Zane foram reconfortantes, mas as lembranças começaram a invadir sua mente. Cada uma delas era aterrorizante. Ainda assim, ela começou a falar: — Algumas vezes, ele me fazia implorar pela comida e a água que levara. Eu estava com tanta fome e sede que não me importava de implorar. Dependendo do humor dele, algumas vezes eram piores do que outras. Eu sempre sabia que ele me bateria, usando-me como alvo para a raiva que guardara enquanto sorria para todos os outros. Ele era mau, Zane, provavelmente a pessoa mais psicótica que já conheci. Comecei a me odiar por ter tanto medo e cedi a tudo o que ele queria só para conseguir algumas migalhas de comida e algumas gotas d'água.

Ele apertou os braços em volta dela ao puxar sua cabeça contra o peito. — Não — disse ele com voz rouca. — Não se culpe por nada que fez para sobreviver. Ter medo naquela situação é normal. Não sou psicólogo, mas até mesmo eu sei que você é uma sobrevivente, fez o que tinha que fazer. Fico muito puto porque teve que ter medo, por aquele imbecil ter encostado em você. Se ele já não estivesse morto, eu mesmo o mataria pelo que fez com você e Chloe.

Ellie respirou fundo algumas vezes, o que ajudou a desacelerar o coração e fazer o pânico começar a ceder. Ela sobrevivera ao cativeiro de James. Todo o resto era apenas trabalho duro. — Ele era um imbecil sádico. Sociopata. Ele teria ferido Chloe ainda mais. Quando descobri o que ele era, fiquei horrorizada de que realmente matasse Chloe para ficar com o dinheiro dela. Fiquei muito aliviada ao descobrir que ela não se casou com ele. E que ele estava morto. — Ele não só a machucou fisicamente. Também acabou com o orgulho e a autoestima dela. Mas ela está lidando com isso. Gosto de Walker. Acho que ele é bom para ela.

— Fico contente por ela estar feliz — comentou Ellie.

— Você também será feliz um dia — insistiu Zane, passando a mão nas costas dela de forma reconfortante. — Demorará um pouco.

— Você disse que não viu o meu carro. Imagino o que aconteceu com ele. James deve ter escondido ou destruído.

— Não se preocupe com seu carro, seu emprego nem mais nada agora. Você precisa de tempo para se curar — resmungou Zane. — Iremos à cidade amanhã e compraremos algumas das coisas de que você precisa. Sabe que a polícia vai querer falar com você, certo? O imbecil pode estar morto, mas vão querer seu depoimento para que possam fechar o caso.

— Eu sei — respondeu ela resignada. — Odeio falar sobre isso, mas falarei. — Não se preocupe com nada além de ficar mais forte. Logo, você terá Chloe de volta. E, agora, você tem a mim. — A voz dele foi teimosamente firme.

Ela relaxou contra o corpo dele. Nunca houvera um tempo em que ela dependera de alguém. Estava acostumada a ser a organizadora e a cuidadora desde muito jovem.

Para variar, era bom ter alguém com quem contar.

Ele mudou de posição, deitando de costas, e puxou-a parcialmente sobre o próprio corpo, mantendo a cabeça dela em seu peito. Passando uma mão pelos cabelos dela, ele esfregou-lhe as costas com a outra em um movimento circular e reconfortante.

— Estou cansada — admitiu ela, sentindo-se tão emocional e fisicamente exausta que seus olhos começaram a se fechar.

— Então durma.

— Não quero que você me deixe sozinha — disse ela em tom trêmulo e vulnerável.

Ela não queria ficar sozinha naquele momento com os próprios pensamentos e longe da presença reconfortante dele. No dia seguinte, começaria a se fortalecer. Mas, naquele instante, precisava dele.

— Não vou a lugar nenhum, Ellie. Ficarei bem aqui.

Ela suspirou de alívio e aconchegou-se ao calor que irradiava do corpo dele. — Obrigada.

— Você confia em mim? — perguntou Zane com voz rouca. — Sim.

— Então durma. Nunca mais ninguém a machucará — jurou ele.

Ele soou tão sério que ela sorriu, sentindo-se segura no abraço forte. Quando ela finalmente adormeceu alguns minutos depois, foi um sono profundo e sem sonhos.

Quando ela acordou na manhã seguinte, sentindo-se descansada, Zane não estava lá. Ellie achou que talvez tivesse imaginado a presença dele ou sonhado que ele estivera lá, reconfortando-a de uma forma gentil que nunca achara possível em Zane. Mas ela sabia que não sonhara com a presença dele.

Ela respirou fundo e seus sentidos foram invadidos pelo cheiro dele, provando que Zane estivera em sua cama, mas saíra em silêncio para deixá-la dormir. Rolando para ficar de costas, ela tentou remover a essência hipnotizante dele de seus pulmões, fazer com que o corpo parasse de reagir ao fato de ele ter estado em sua cama, de ela ter aproveitado a segurança de tê-lo tão perto.

Não posso começar a precisar tanto dele!

O corpo e o cérebro entraram em guerra quando ela sentiu seu sexo se contrair com uma necessidade primitiva do único homem que ela realmente sempre quisera.

Sentando-se na cama, ela afastou os cabelos do rosto e admitiu que acordar sem ele ao seu lado fez com que sentisse sua falta. E, para uma mulher que sempre se virara bem sozinha, isso era muito assustador.

Capítulo 5

Vários dias depois, Zane estava trabalhando no laboratório subterrâneo, tentando descobrir quando Ellie Winters se tornara tão teimosa. Ela fora uma adolescente doce, mas em algum momento, a mulher desenvolvera um senso de independência que parecia infindável.

Sim, eu repus algumas das coisas dela: um celular, um notebook, *novas roupas com a ajuda de Lara e algumas outras coisas de que ela precisa para o cotidiano. São só coisas essenciais.*

Zane não achava que o que fizera fora grande coisa. Mas ele deixara Ellie emocionalmente chateada e nem sabia direito por que ela chorara quando lhe dera aquelas coisas. Ele não perguntara o motivo do choro dela porque ficara chateado por ter sido a causa das lágrimas. Só o que ele queria era que Ellie fosse feliz e, pelo jeito, ela fizera um certo progresso, apesar da reação chorosa aos presentes dele... até aquele dia.

Naquele dia, ele percebera como Ellie podia ser obstinada.

Ellie literalmente plantara o pé no chão, batendo-o em recusa, quando ele levara para casa o novo carro que comprara para ela. Recusara-se terminantemente a aceitar algo que ele comprara para ela. Alegara que era caro demais. Quando ele mencionara que ela só tinha um seguro limitado no carro desaparecido e que a seguradora não pagaria nada para substituir o lixo da *Tartaruga Azul,* Ellie o encarara friamente e afastara-se.

— É só uma BMW. Ela age como se eu tivesse comprado algo realmente caro. O Beemer era uma opção razoável, um carro sólido e confiável. Não é como se eu tivesse desperdiçado um monte de dinheiro em um carro esportivo exótico — resmungou Zane baixinho enquanto recriava alguns dos resultados de um de seus principais cientistas do laboratório para conferi-los ele mesmo. — E é um SUV. É prático para o Colorado. Muitas pessoas têm um carro assim.

Ele queria reviver parte do antigo espírito de Ellie. Mas enfurecê-la não era exatamente a forma como ele quisera que *isso* acontecesse. Mesmo assim, ela *estava* furiosa. Entretanto, não importava o quanto ela fosse teimosa, Zane decidira que ela *iria* dirigir um carro confiável, o que *ele* comprara.

Depois de terminar o trabalho, ele inseriu a verificação no computador do laboratório e guardou os suprimentos, imaginando como faria Ellie aceitar o inevitável. Ela *usaria* o SUV. Ele queria que ela usasse um veículo confiável. Não queria que ela comprasse outro lixo como fora seu último carro. Era pequeno demais, velho demais e nada confiável. E essas coisas eram inaceitáveis para ele.

Ele tirou a capa descartável que usava sobre a roupa e jogou a máscara e as luvas no recipiente de materiais perigosos que mantinha perto da porta.

Zane admitia que era desorganizado, mas apenas com coisas *fora* do laboratório. *Ali,* ele era meticuloso. *Ali,* isso importava. Não havia espaço para erros ao trabalhar com organismos potencialmente perigosos.

Ele lavou e secou as mãos. Em seguida, parou em frente às portas duplas de aço e usou o *scanner* de digital para abri-las. Ao andar pelo corredor e subir a escada que levava à casa, ele contemplou as opções.

Aceitar a decisão de Ellie e devolver a BMW? *Não, nem pensar.. Ela precisa de um veículo seguro.*

Convencer Ellie a aceitá-lo? *Improvável.* Entretanto, Zane admitiu que ela pareceu teimosamente insistente em não aceitar o presente. Percebeu que gostava *daquela* expressão dela. Era preferível a vê-la chorar, mas isso não o impediria de garantir que ela tivesse um meio de transporte confiável.

Pedir a Chloe que o ajudasse a convencê-la? *É uma possibilidade, mas Chloe ainda não voltou para casa e nem sabe que Ellie está viva.*

Colocar Ellie sobre o ombro e jogá-la dentro do carro? *Sim, essa era uma boa ideia, já que ele se sentia como um homem das cavernas desde o minuto em que Ellie desaparecera.*

Agora que a encontrara, a vontade de garantir que Ellie estivesse segura era muito grande, era um instinto primitivo compulsivo que ele mal conseguia controlar.

Recomponha-se. Você a deixará muito assustada. Ora, eu estou me deixando assustado.

Zane se considerava uma pessoa razoável, racional e lógica. Tomava decisões com base em dados e fatos realistas. Ultimamente, ele não estava reagindo com a racionalidade normal. Estava cedendo a emoções e compulsões que não parecia conseguir controlar. Ele nunca tivera esse tipo de sentimentos antes e ficava confuso com o fato de que, com Ellie, às vezes não conseguia controlar as palavras ou o comportamento. Por algum motivo, Ellie sempre fora uma mulher que quisera conhecer melhor, mas acabara evitando-a porque ele a considerara fora de alcance no passado. Mas isso não o impedira de perguntar sobre ela quando falava com Chloe. Ele quase se entregara no hospital, quase dissera a Ellie que, pouco a pouco, passara a conhecer as preferências dela encorajando Chloe a falar sobre sua melhor amiga. Zane sabia que a comida preferida de Ellie era a asiática porque Chloe mencionara. Ela também lhe dissera que enviaria a Ellie seus chocolates favoritos como surpresa de aniversário alguns anos antes. Zane perguntara o tipo e ainda se lembrava exatamente qual era a empresa que os fabricava. Ele ativou a porta de metal para o corredor da garagem usando novamente o *scanner* de impressão digital. Em seguida, abriu a porta oculta, que não era detectável pela parte de dentro da casa a não ser que a pessoa a estivesse procurando.

Ele andou pelo corredor, mas parou ao ouvir a voz de Ellie. Ele a viu sentada à mesa da cozinha com o *notebook*. Seus olhos estavam grudados da tela enquanto ela falava.

Ele demorou um momento para perceber o que ela estava fazendo. Estava em uma videoconferência.

As sessões com a psicóloga!

Ele soubera que Ellie usaria o *notebook* novo para sessões com uma psicóloga na Inglaterra, mas não sabia que começariam naquele dia. Obviamente, Zane e Ellie não tinham tido a oportunidade de ter uma conversa civilizada naquela manhã antes que ele fosse para o laboratório.

Ele se encostou na parede e ficou imóvel, sem querer interrompê-la e ouvindo, sem vergonha alguma, a conversa dela.

Infelizmente para ele, a conversa parecia estar terminando. Ellie suspirou ao responder para a psicóloga. — Obrigada, Natalie. Ajudou muito falar sobre como me sinto. Sei que é muito tarde para você, mas fico feliz por ter concordado em me ajudar.

Zane observou quando Ellie se despediu e confirmou outra consulta alguns dias depois. Ela fechou o *notebook* com uma expressão pensativa no rosto.

Ela precisa falar. Ela precisa de apoio.

Ele fechou os punhos ao xingar a si mesmo por não saber como realmente falar com ela. Ele queria estar ao lado dela, ser seu porto seguro. Só não sabia exatamente como ser o que ela precisava naquele momento.

Zane sabia que uma grande parte de Ellie só queria esquecer o que acontecera, exatamente o que ele desejava que pudesse acontecer. Mas não era saudável que ela continuasse a negar que fora traumatizada pelo sofrimento de sete meses. Ela nunca ficaria curada se guardasse aquilo e nunca lidasse com as próprias emoções.

Ele entrou na cozinha e sentou-se à frente dela. — Quer conversar sobre o assunto? Como foi? — Ele torceu muito para que ela tivesse superado a raiva que sentira mais cedo. Não queria que ela o afastasse, apesar de não ter a menor ideia do que lhe dizer.

Ela balançou a cabeça negativamente, mas começou a falar mesmo assim. — Natalie acha que tenho estresse pós-traumático.

Zane ergueu a sobrancelha. — O que você acha? — Ele não sabia muito sobre saúde mental, mas estava disposto a apostar que a maioria das pessoas que tinha passado pelo que Ellie passara sofreria sintomas de estresse pós-traumático.

— Acho que tenho. Não consigo ouvir um barulho que me lembra do tempo como prisioneira de James sem ficar nervosa e com medo. Algumas vezes, tenho *flashbacks*. É por isso que prefiro não reconhecer nada disso. Mas isso me assombra. Minha vida é um caos por causa do que aconteceu. Sinto que perdi minha independência, minha vida inteira por causa disso. E ainda tenho medo do que vai acontecer comigo.

— Absolutamente nada vai acontecer com você, Ellie. Está em casa, com pessoas que se importam com você nesta cidade. Você não é dependente só porque precisa da ajuda de amigos agora. Passou por coisas demais para ter que lidar com elas sozinha — disse ele de forma razoável. — Aceite a ajuda que estou oferecendo. Sua vida lentamente voltará ao normal. Você só precisa de tempo.

Zane conseguia sentir o desespero e o pesar dela, o que o atingiu no peito como uma faca. Ele queria deixar tudo melhor para Ellie, mas sentia-se totalmente impotente. Ele não podia apagar as lembranças dela nem os danos que o filho da puta do James causara emocionalmente nela.

Ela olhou para ele com os olhos cor de safira e disse: — É esse o problema. Eu nunca *não* fui capaz de cuidar de mim mesma. As coisas não são tão ruins como achei que seriam. Alguém cuidou das minhas contas e tenho uma quantidade enorme de dinheiro no banco. Deve ser Chloe e vou ter que falar com ela sobre isso.

— Não foi Chloe — confessou ele. — Fui eu. Paguei suas contas e depositei dinheiro na sua conta para cobrir qualquer coisa que esteja em débito automático.

Ela o encarou surpresa. — Por quê?

Zane cerrou os punhos sobre a mesa. — Porque eu nunca admitiria que você não voltaria. E queria que sua vida fosse o mais próximo do normal possível quando a encontrássemos. Como não estava aqui para lidar com as coisas, fiz isso por você. É para isso que servem os amigos, certo?

Ele não pretendia lhe dizer que *precisara* cuidar da vida pessoal dela, que *quisera* fazer aquelas coisas para convencer a *si mesmo* de que ela *voltaria*. De certa forma, isso fora uma terapia para ele, uma forma de se convencer de que Ellie não estava morta. Chloe tivera que lidar com os próprios problemas e ele não quisera que a irmã cuidasse das responsabilidades pessoais de Ellie. Ele quisera fazer isso.

Ela ficou em silêncio por alguns momentos antes de responder em tom solene: — Obrigada. Mas terei que pagar você de volta quando conseguir um emprego. — Você não precisa de um emprego agora. Só precisa se concentrar em melhorar — disse ele em tom rabugento.

— Preciso de um emprego, Zane. Não consigo lidar com isso. Não posso deixar de querer me sentir normal de novo. Para mim, isso significa ter um sustento. — Ela colocou o rosto nas mãos em um gesto de derrota.

Zane sentiu o coração muito pesado. Ele odiava vê-la naquele estado. Não estava acostumado com aquilo. Ellie era uma mulher alegre, capaz e muito organizada. Vê-la praticamente destruída o deixava muito triste.

— Então trabalhe para mim, Ellie — ofereceu ele antes mesmo de conseguir pensar nas palavras. — Preciso de você. Olhe para esta casa e entenderá o motivo. Preciso de uma assistente pessoal em quem possa confiar e é algo difícil de encontrar. Preciso de alguém que organize as coisas dentro e fora do trabalho.

Ela afastou as mãos do rosto para olhar para ele curiosa. — Você não tem um assistente?

— Não. O último que tive quase vendeu segredos da empresa para um dos meus concorrentes. Por sorte, nós o pegamos a tempo. Desde então, não confiei em ninguém e isso já tem alguns anos. Temos secretárias em vários níveis de segurança no laboratório, mas a maioria delas não tem acesso a documentos pessoais nem a resultados de pesquisas. Ela franziu a testa. — Alguém que trabalhava para você tentou traí-lo?

Não fora a primeira vez e certamente não seria a última, mas Ellie não entendia o que as pessoas estavam dispostas a fazer por milhões ou bilhões de dólares. — Sei que acha que sou paranoico porque tudo tem muita segurança aqui. Mas, quando estou em casa, tenho muitas informações comigo, resultados de pesquisas e projetos que alguns de nossos concorrentes desejariam por todos os motivos errados. Isso precisa ser protegido.

— Deve haver montes de pessoas mais qualificadas a trabalhar para você. Não tenho diploma universitário — argumentou ela. — Não sei nada sobre biotecnologia.

Ele deu de ombros. — Não importa. Só preciso ter alguém em quem eu confie, alguém para me ajudar a ser organizado fora do laboratório. Tenho fé em você, Ellie. Se há alguém que consiga organizar a minha vida, é você.

Ela o encarou por alguns minutos antes de perguntar: — O que eu faria?

Ele sorriu para ela, subitamente sabendo exatamente como faria com que ela dirigisse o carro novo. — O que eu disser para fazer. A primeira coisa que precisa fazer é aceitar o carro que lhe dei. — Ela abriu a boca para protestar, mas ele ergueu a mão. — Você precisará de um carro. E se precisar resolver alguma coisa fora daqui?

Ela o encarou friamente, mas deixou o assunto de lado. — Quais seriam as minhas obrigações?

— Qualquer coisa que eu quiser. Quando estiver se sentindo melhor, verá como esta casa precisa de uma bela de uma organização. Minha casa em Denver está do mesmo jeito, mas mais limpa graças à minha funcionária. Mas ela nunca encosta nas minhas coisas pessoais. Meu cérebro está normalmente tão ocupado pensando nos projetos atuais que não faço muito. — Quanto mais ele pensava no assunto, mais gostava da ideia de Ellie aceitar o emprego como sua assistente pessoal. Ele provavelmente ficaria em maus lençóis ao tê-la por perto o tempo inteiro, mas era melhor do que se preocupar com ela constantemente.

— Eu teria que me mudar para Denver? — perguntou ela com cautela.

— Não. Quando eu estiver lá, você poderá ficar na minha casa, que tem mais ou menos o tamanho desta aqui. Alternaremos entre as duas. — Zane queria começar a passar mais tempo em Rocky Springs. A mãe dele estava envelhecendo e Rocky Springs ainda era o seu lar.

— Está fazendo isto porque realmente precisa de mim ou porque está com pena? — perguntou Ellie em tom direto.

— Acredite, preciso de você — respondeu Zane com sinceridade. Suas palavras tinham duplo sentido e ele sentiu o pênis rígido só de estar sentado à frente dela. Ele admitiu que estava desesperado por ela, mas não de uma forma que confessaria a Ellie.

— Vai deixar que eu use meu salário para pagar de volta o carro e as outras coisas que você comprou?

Ele balançou a cabeça negativamente. — Não. Essas são as vantagens de trabalhar para um homem rico. Assistentes pessoais ganham presentes pessoais às vezes.

— Não assim — resmungou ela, parecendo infeliz. — Qual é o salário? E os benefícios?

Zane citou um salário anual e explicou os benefícios, pelo menos, até onde sabia. Ele tinha um departamento de recursos humanos que lidava com aquele tipo de coisa.

— Ai, meu Deus. É demais.

— Não é muito mais do que paguei ao meu último assistente — insistiu Zane. — E isso foi há alguns anos. — Ele fez uma pausa e acrescentou: — Eu realmente preciso de você, Ellie. Depois do que aconteceu, duvido que eu consiga confiar em outra pessoa para fazer esse trabalho.

Ele prendeu a respiração ao vê-la franzir a sobrancelha com expressão pensativa. Zane se perguntou o que ela estaria pensando, mas não queria interrompê-la para perguntar.

— Ok, vou aceitar. O que quer que eu faça primeiro, chefe? — perguntou ela em tom brincalhão.

Zane soltou um longo suspiro de alívio. — Eu quero que você fique bem e feliz — resmungou ele. — Nada de trabalho até se sentir pronta.

Ela assentiu imediatamente. — Estou pronta. — Espertinha — retrucou ele.

— Zane, já estou entediada — disse ela. — Dê-me alguma coisa para fazer. — Vamos até a cidade. Preciso cortar meus cabelos e eu gostaria de dar uma olhada na nova livraria.

Ellie correu a mão pelos próprios cabelos. — Também preciso cortar os meus. Eu mesma ia cortá-los, mas fiquei com medo de estragá-los porque não consigo ver direito na parte de trás.

— Então vamos. — Ele saltou da cadeira e estendeu a mão. Esperando.

Vamos, querida. Pegue a minha mão. Deixe eu ajudar você, caralho.

— Precisamos ir ao mercado. Não consigo cozinhar sem ter ingredientes. Precisamos de mais comida.

Zane não deixou de perceber o medo que surgiu no rosto dela ao falar sobre precisar de suprimentos. Obviamente, ter pouca comida na casa a deixava com medo. — Vamos encher os armários. Prometo.

Ele a levaria para jantar fora naquela noite e depois poderiam fazer outras compras. Zane tinha certeza de que seria seguro ir até a cidade. A imprensa já teria desistido e procurado uma história nova ou ainda estaria acampada do lado de fora do hospital em Denver.

Tate mencionara que cuidaria do problema e Zane não fizera perguntas. Conhecendo seu irmão mais novo, ele criara uma boa história e conseguira afastar todo mundo de Rocky Springs.

Zane quase gemeu de prazer quando Ellie colocou a mão pequena na dele e deixou-o puxá-la para que ficasse de pé. A forma como ela confiava nele o deixava emocionado, especialmente depois de tudo pelo que passara.

Quando o pênis enrijecido ameaçou abrir o zíper da calça, Zane soube que, se o toque da mão dela o deixara assim, seria uma noite muito longa.

Capítulo 6

Ellie estava exausta ao andar pela rua principal em Rocky Springs, nervosa com o novo corte de cabelo curto e cacheado. Seus cabelos sempre foram um pouco ondulados, mas, com o corte em um estilo que mal chegava aos ombros, em vez da cintura, os cachos grandes estavam agora mais pronunciados.

Ela sorriu ao olhar pela janela de uma loja de roupas, lembrando-se de como Zane a apoiara acompanhando-a no salão. Ele até mesmo cortara os próprios cabelos ao lado dela. O estilo mais curto ficara muito bom nele.

Como se ele não fosse lindo o suficiente...

A cabeleireira cortara os cabelos dele bem curtos, fazendo com que os olhos cinzentos dos Colters se destacassem e ficassem ainda mais expressivos.

— E eu pareço um poodle — resmungou ela para si mesma ao deixar o cacho que segurava voltar para o lugar. O estilo era bonito, mas, sem o comprimento, ela achou que seus cabelos se pareciam mais com os pelos crespos caninos.

Ainda assim, seu coração estava cheio de gratidão por Zane ter sido gentil o suficiente para se sentar ao seu lado enquanto a cabeleireira cortava seus cabelos danificados.

São só cabelos.

Zane tinha razão, claro. Ellie não era vaidosa e não era a perda da única característica física decente que a deixava triste. Era finalmente admitir o peso do sofrimento de meses agora que estava curando-se fisicamente.

Ela suspirou ao abrir a porta da loja de roupas, lembrando-se das palavras exigentes que Zane dissera antes de atravessar a rua para ir à livraria. Ela foi comprar mais alguns itens essenciais depois de terem ido ao mercado e colocado as compras no SUV dele.

Não saia da loja sem comprar tudo que deseja.

Obviamente ela *não* compraria tudo o que *queria*. Ela nunca fazia isso. Ellie vivia com um orçamento apertado, mas tinha quase tudo de que precisava por algum tempo. Graças a Zane, ela tinha mais dinheiro em sua conta bancária do que jamais vira. Seu plano futuro era fazer as contas de quanto devia a ele e resolver isso enquanto trabalhava. Infelizmente, ele não queria lhe dizer exatamente quanto gastara, mas ela conseguiria chegar a números razoavelmente precisos. Seu humor melhorou ao pensar em trabalhar para Zane, aprendendo coisas novas como assistente dele. Ela queria ser como uma esponja e absorver o máximo possível de informações sobre biotecnologia. Ellie queria ser útil para Zane e sabia que poderia ser, especialmente se isso exigisse organização... algo de que ele precisava desesperadamente e uma habilidade que ela tinha de sobra.

Ao passar pela porta, ela literalmente colidiu com uma mulher que andava apressada em direção à saída.

— Ah, desculpe — disse Ellie.

— Foi culpa minha, estou sempre com pressa — respondeu a mulher pequena, sem fôlego. Ela parou por um momento e perguntou: — Ellie?

Era a dona do apartamento em que Ellie morara. — Olá, Gina.

— Ai, meu Deus, não acredito! — exclamou Gina, abraçando Ellie com muita força. Em seguida, ela deu um passo atrás. — Você parece...

— Cansada? — sugeriu Ellie, sentindo-se exausta e sabendo que seu corpo estava tão desacostumado com atividade física que demoraria algum tempo para se recompor.

— Não, não, não — negou Gina. — Você parece bem, só diferente.

— *Provavelmente porque estou magra e meus cabelos me fazem parecer um poodle.* — Ser sequestrada pode mudar uma pessoa — brincou Ellie, ainda sem saber como reagir a pessoas que a olhavam como se fosse um fantasma. Ela morara em Rocky Springs a vida inteira e conhecia muitos dos residentes. Parecia estranho que a olhassem como se ela tivesse voltado dos mortos. Bem, talvez eles estivessem certos.

— Você parece bem. — Gina sorriu para ela.

— Lamento que você tenha tido que me despejar. Você perdeu dinheiro no meu apartamento. Eu gostaria de lhe pagar.

Gina pareceu atônita. — Não perdi dinheiro e não despejei você. Tudo foi pago, todos os meses, por um dos garotos Colter. O cientista. Ele só tirou suas coisas de lá há pouco tempo, quando a encontrou viva. — Ela vasculhou a bolsa e entregou um envelope a Ellie. — O apartamento estava em perfeitas condições. Obrigada pela faxina. Este é o seu depósito. Eu o retirei, mas não sabia para onde mandar.

Ellie pegou o cheque distraidamente, guardando-o no bolso do casaco. — Então você não precisou guardar minhas coisas? O aluguel foi sempre pago em dia?

— É claro — respondeu Gina. — E eu nunca teria despejado você até que soubesse o que aconteceu. Eu sabia que você não desaparecia sem dizer nada. Eu sabia que alguma coisa de ruim tinha acontecido.

Isso significa que Zane mentiu. Mas por quê?

— Obrigada — respondeu Ellie constrangida.

Gina bateu de leve na bochecha dela. — De nada. Avise-me se houver algo que eu possa fazer para ajudar você.

Ellie observou quando Gina se virou e abriu a porta.

— Gina? — chamou ela de forma impulsiva. — Você alugou o meu apartamento de novo?

A outra mulher sorriu. — Alguém acabou de assinar um contrato de aluguel hoje.

Hoje? Não estava alugado antes? Outra mentira?

Ellie tentou sorrir ao se despedir da mulher. — Obrigada. — Gina acenou ao sair apressada pela porta.

Ellie estava confusa, com a mente cheia de perguntas. *Por que Zane mentira sobre o apartamento dela já estar alugado? Por que não lhe dissera que pagara o aluguel todos os meses? Por que não a deixara voltar para o apartamento?*

Era claro que o fato de ela ficar com ele não fora um acidente. Zane preparara tudo para que fosse assim. Ele garantira que ela não tivesse outra opção além de ficar com ele.

Ela estava furiosa por ele não ter sido completamente sincero. Sentindo-se em conflito porque ele cuidara tão bem dela, Ellie foi procurar algumas roupas, torcendo para que Zane tivesse uma explicação muito boa.

— Eu sei que você é um gênio, mas precisa mesmo de tantos livros?

Zane congelou ao ouvir a voz sarcástica de Tate atrás de si. Colocando os livros contra o peito para que o irmão não visse o que eram, ele se virou lentamente, percebendo que não era apenas Tate que estava na livraria. Blake, Tate e Marcus o encaravam com expressão interrogativa.

— Acontece que gosto de ler. Diferentemente do resto de vocês. Gosto de manter meu cérebro ativo — respondeu ele na defensiva. — O que diabos vocês todos estão fazendo aqui?

— Lara voltará tarde da aula e mamãe também não está livre hoje à noite. Portanto, resolvemos sair juntos para comer alguma coisa — confessou Tate. Zane sorriu, sabendo que nenhum dos irmãos sabia cozinhar... como ele. A mãe mimara todos eles nesse sentido, pois era uma excelente cozinheira. Ele não se lembrava de um momento sequer durante a infância em que a mãe não cozinhara ferozmente, pois era o que adorava fazer. Ela ainda era assim. E Zane se aproveitara desse fato com a maior frequência possível. Ele sabia quando os irmãos estavam em casa, pois também a visitavam no horário do jantar.

Tate pegou os livros dos braços de Zane antes que ele pudesse impedi-lo, ficando furioso quando o irmão viu os títulos.

— Todos eles são livros sobre relacionamento — comentou Tate devagar, erguendo a sobrancelha ao olhar para um livro pesado sobre como namorar uma mulher.

— É? E daí? — Zane pegou os livros de volta, furioso.

— Eu não sabia que você estava saindo com alguém — disse Blake, soando ligeiramente magoado.

— Não estou — admitiu Zane.

— Então por que esses livros? — questionou Marcus curioso.

Zane não deixaria que os irmãos o fizessem se sentir ridículo porque queria livros de autoajuda. Pelo menos, *ele* sabia que precisava de ajuda. Tate tivera muita sorte ao encontrar uma esposa como Lara. Blake e Marcus estavam sempre ocupados demais com o trabalho para se preocupar com algo além de uma trepada quando sentiam necessidade.

Blake olhou outra pilha de livros sobre a mesa ao lado de Zane. — Estes também são seus? — Ele fez uma pausa e acrescentou: — Estes são livros diferentes de psicologia: estresse pós-traumático, cura emocional após um trauma e como lidar com estresse pós-traumático.

— Ellie? — perguntou Marcus. — Como ela está?

Zane percebeu que Tate teria gostado de continuar a provocá-lo, algo que os irmãos faziam muito, mas a pergunta de Marcus silenciou seu irmão mais novo.

Zane deu de ombros. — Está bem, como é possível considerando que foi surrada, mantida prisioneira por meses em um buraco, imaginando em que dia James decidiria matá-la e quase morreu de fome.

— Você está se envolvendo com ela, Zane? — perguntou Tate em tom mais sério. — Acho ótimo que ela fique com você onde está segura. Até ajudei a fazer com que isso acontecesse. Mas ela não está...

— Não — disse Zane em tom firme. — Nós *não* estamos envolvidos. Ela é minha amiga. Quero entendê-la. Quero ajudá-la — respondeu ele, desejando muito que fosse só isso que queria de Ellie. Mas estaria mentindo para si mesmo. Ele queria mais algum dia, mas queria principalmente que ela fosse feliz.

— Você ajudou — respondeu Marcus de forma razoável. — Você salvou a vida dela. Foi o único que não desistiu dela, exceto Chloe. Se quer a minha opinião, ainda acho um milagre que ela esteja viva.

— Não quero — respondeu Zane irritado. — Não quero falar sobre Ellie. Ela passou por coisas suficientes.

— Você gosta dela. Se não gosta, tenho que questionar sua opção de material para leitura — comentou Blake com um sorriso.

Sinceramente, Zane não pretendera comprar tantos livros. Mas cada um deles se destacara enquanto ele olhara as prateleiras da livraria. — Eu quero entendê-la — disse ele aos irmãos. — Quero saber pelo que ela passou e ajudá-la a superar tudo isso. Ela perdeu a vida inteira e isso não é justo. Tudo por causa de um filho da puta que cruzou o caminho dela.

— Ela não vai se curar da noite para o dia, Zane — advertiu Blake. — Talvez demore um pouco até que ela se sinta parcialmente normal de novo.

Largando os livros com força sobre a mesa ao lado dos livros de psicologia que escolhera, ele cruzou os braços e encarou os irmãos. — Não importa quanto tempo leve. Estarei do lado dela.

— Talvez ela não esteja pronta para um relacionamento agora, Zane. Você salvou a vida dela e ela será grata — comentou Tate. — As emoções dela estarão todas confusas. No momento, você é o herói dela. — Zane sabia que os irmãos tentavam protegê-lo, mas ele ficou muito irritado por estarem insinuando que Ellie podia nunca gostar genuinamente dele. — Não estou em busca de um relacionamento no momento. Só estou tentando ajudar uma amiga.

— Então para que os livros? — Marcus encostou o quadril na mesa e cruzou os braços sobre o peito. — Pretende encontrar a mulher dos seus sonhos em breve?

— E o que vocês têm a ver com isso? — rosnou Zane, sem querer admitir que queria que Ellie tivesse as coisas que nunca tivera. *Ele* queria ser o homem que a faria se sentir viva de novo. Exceto que não sabia absolutamente nada sobre como namorar uma mulher. — Sou um cientista que passa o tempo todo em um laboratório. Talvez eu precise aprender alguma coisa sobre mulheres.

— Basta cuidar dela como vem fazendo. É tudo o que precisa fazer — respondeu Tate, com o tom deixando óbvio que estava pensando na esposa dele.

— Não é tão simples assim — retrucou Zane com a voz irritada. Ele queria fazer com que entendessem, como se realmente pudessem ajudá-lo. — Eu gosto de Ellie. Sempre gostei. Mas quero mais do que tive com ela antes. Eu a quero mais do jamais quis. Ou talvez esse sentimento sempre estivesse lá e eu só a via como inalcançável porque era a melhor amiga de Chloe. Agora, eu queria ter ido atrás dela quando ficamos adultos. Talvez isso nunca tivesse acontecido com ela. Vocês sabiam que ela nunca teve nada romântico com ninguém? Qual é o problema com os homens nesta cidade? Ela merece romance. É algo que nunca teve e, pelo jeito, é algo com que todas as mulheres sonham. Quero lhe dar tudo o que ela quer. Merda! Eu sei que é cedo demais, mas acho que tenho a esperança de... — A voz dele sumiu, pois ele não sabia o que mais dizer. Ora, ele nem entendia as próprias ações. Só o que sabia era que tinha uma compulsão de fazer Ellie sorrir de novo, gargalhar de novo.

Zane viu quando os irmãos se entreolharam e, em seguida, viraram-se para ele de novo. — Você está fodido — disse Tate.

Blake e Marcus assentiram, concordando, com a expressão sombria.

— Por quê? — Zane sentiu a necessidade de perguntar.

Tate deu de ombros. — Você descobrirá quando não conseguir pensar em nada além de Ellie, uma obsessão que não conseguirá controlar. Quando começar a se preocupar com a segurança dela e se está ou não feliz porque tem certeza de que não conseguirá viver sem ela.

— Já cheguei nesse ponto — respondeu ele devagar, sabendo que o irmão mais novo era o mais experiente em termos de relacionamento por ser o único irmão casado. — Não sei muito sobre o que aconteceu com ela durante os meses em cativeiro. Algumas vezes, não quero pensar nisso porque receio perder a cabeça. Ora, até mesmo tenho pesadelos sobre isso às vezes e eu nem estava lá. Fico furioso porque ela não merecia o que aconteceu. E nem posso matar James por ter feito isso com ela porque ele já está morto.

— Eu me sentiria do mesmo jeito, mano — admitiu Tate. — Quando Lara se sacrificou a um terrorista para salvar a minha vida, perdi a cabeça quando ele encostou nela. Eu entendo. Mas Lara não passou pelo que Ellie passou. Ela não passou meses em cativeiro sendo tratada como se não fosse humana. Não sei se eu conseguiria lidar com isso sem perder o juízo. Mas ela precisará falar sobre o assunto. Precisará superar isso tudo antes que consiga se concentrar em um relacionamento de verdade. Sei que isso não ajuda muito, mas fique do lado dela.

— Ela precisa de tempo — disse Blake em tom direto.

— Ela está fazendo terapia?

Zane assentiu. — A mesma psicóloga que atende Chloe. A dra. Townson acha que Ellie tem estresse pós-traumático. Merda! Não quero mais que ela sinta medo Acabou.

Marcus assentiu. — Estresse pós-traumático faz sentido. Zane, uma pessoa não consegue passar um longo período em confinamento sem que isso cause danos à psiquê.

— Ela está lidando bem com isso. Muito bem — explicou Zane. — Melhor do que a maioria das pessoas conseguiria. Mas, algumas vezes, vejo medo nos olhos dela e isso me mata. — Se alguém o colocasse em um laboratório, ele estaria em seu elemento. Fora do trabalho, ele era como um peixe fora d'água. Não sabia o que dizer ou fazer para ajudar na cura de Ellie.

— Então continue apenas dando apoio a ela — sugeriu Blake. — Dê tempo a ela.

— Fala o cara que nunca quis uma mulher de forma tão desesperada que faria qualquer coisa para tê-la — resmungou Tate. — Se você quer um relacionamento de verdade com uma mulher que o deixa louco, as coisas ficam complicadas.

As coisas estavam *além* de complicadas para Zane. E ele não queria nada além de possuir Ellie da forma mais primitiva possível. Ainda assim, também queria que ela se sentisse segura. Como um homem conseguia lidar com estas duas emoções conflitantes, desejo irrefreável e proteção? Na mente dele, um cara queria trepar com uma mulher ou protegê-la... como se quisesse proteger sua irmã mais nova, Chloe. Para ele, aquelas duas emoções nunca tinham coexistido.

— Vou lidar com isso — disse Zane aos irmãos, tentando soar muito mais confiante sobre a situação do que realmente estava.

Tate fez um gesto de desprezo quando Zane pegou os livros para pagá-los. — Foi o que eu disse quando ficava de pau duro sempre que olhava para Lara.

Zane foi até o caixa, com os irmãos logo atrás. — Lara foi a melhor coisa que aconteceu com você — retrucou Zane em tom rabugento. Ele daria qualquer coisa para ter o que Tate tinha: uma mulher que o amava com todas as falhas que o irmão tinha.

Tate deu de ombros. — Eu nunca negaria isso. — A voz dele foi firme. — Mas pode ser um inferno até o início da lua de mel.

Zane entregou o dinheiro à moça do caixa, acenando para que ela ficasse com o troco ao pegar a sacola de livros. Virando-se para ir embora e encarando os irmãos friamente ao abrir caminho entre eles, Zane disse: — Não haverá uma lua de mel. Caralho! Só quero ajudá-la agora, ok? Ela passou por um inferno. Ellie precisa de alguém agora.

— Quer que ela fique comigo por algum tempo? — perguntou Blake. — Eu não me importaria de tê-la com hóspede. Sempre gostei de Ellie e tenho espaço mais que suficiente no rancho.

— Eu também não me importo de ajudar — disse Marcus, ecoando a oferta do irmão gêmeo. — Estarei por aqui durante o feriado.

Zane enxergou tudo vermelho ao pensar em Ellie estar com qualquer outro homem além dele, até mesmo seus irmãos. Eles não cuidariam dela da mesma forma que ele. — Claro que não. E, se algum de vocês oferecer a ela, farei com que se arrependa — disse ele em tom ameaçador antes de passar por eles e sair da livraria sem olhar para trás.

Os outros três irmãos Colter se entreolharam de forma interrogativa.

— Ele está mesmo fodido — disse Tate solenemente. — Merda! Quero que ele seja feliz, mas tem à frente uma estrada bem acidentada. Ellie está confusa. Não saberá o que quer até que passe algum tempo e ela tenha aconselhamento.

Blake assentiu lentamente. — Zane dará tempo a ela. Ele fará o que for melhor para Ellie.

— Vocês dois estão cegos? Ela é perfeita para ele — comentou Marcus. — Sempre foi. Só o momento é que é uma merda.

Tate olhou surpreso para Marcus. — Como você sabe que ela é a mulher certa para Zane?

Marcus revirou os olhos. — Observação. Nas poucas vezes em que os vi juntos desde que Zane saiu de Rocky Springs, foi bastante óbvio. Vi a forma como eles olham um para o outro. Não duvido que Ellie tenha sentimentos genuínos por Zane. Não é um caso típico de adoração ao herói. Ela sempre gostou dele. Ele sempre gostou dela. Fico surpreso por ele nunca ter ido atrás dela. Talvez fosse porque ela era a melhor amiga de Chloe. Não acho que ele tenha percebido o quanto a queria até que ela desapareceu.

— E se você estiver errado? — perguntou Blake em tom sério.

Marcus olhou para os irmãos por um momento antes de responder com uma certeza que soou muito como arrogância. — Nunca estou errado.

Tate e Blake observaram quando Marcus se virou e andou em direção à saída, com a declaração ainda pairando no ar. Os dois balançaram a cabeça e seguiram-no. Nenhum dos dois conseguiu pensar em alguma gracinha para dizer.

Capítulo 7

Zane guardou a sacola pesada com os livros antes de atravessar a rua em busca de Ellie. Não que ele estivesse com vergonha do que comprara, mas os livros provavelmente causariam perguntas que ele não queria nem podia responder no momento.

O instinto o orientava a saber mais sobre o que Ellie passara e ele queria entender o trauma da experiência dela. Ele se sentia completamente impotente em se tratando de reconfortar a bela mulher que precisava disso. O problema era que ele nunca fora do tipo romântico e nunca tivera amigas que tivessem passado pelo que Ellie passara.

Talvez eu devesse ter telefonado para Chloe.

Ele balançou a cabeça ao andar até a loja de roupas, sabendo que a irmã ficaria furiosa. Mas, considerando tudo, ele concordava com Ellie. Chloe tinha os próprios problemas a resolver e merecia algum tempo. Sem dúvida, ela se sentiria culpada por Ellie estar em más condições devido ao sequestro. Zane sabia que Blake provavelmente já contara a Gabe. Blake e o marido de Chloe eram melhores amigos havia muito tempo. Obviamente, Gabe achara melhor esperar até que Chloe voltasse para casa. Caso contrário, Zane sabia que a irmã já estaria de volta da viagem. Não haveria como manter Chloe longe de Rocky Springs se soubesse que Ellie fora encontrada viva.

Zane respeitava o fato de Ellie querer algum tempo antes de encontrar Chloe. A decisão era apenas dela. Ele fizera o possível para forçá-la a aceitar alguma ajuda. Entretanto, tivera que definir um limite para não ir contra a decisão dela.

Movendo-se um pouco mais depressa, Zane colocou as mãos nos bolsos do casaco. Estava escuro e frio, e começara a nevar.

Ele parou quando viu Ellie na frente da loja de roupas, sentindo como se alguém tivesse lhe dado um soco no estômago.

Mas. Que. Diabos?

Ellie parecia aterrorizada. Uma equipe de repórter e operador de câmera estavam à frente dela, com a luz diretamente em seu rosto. Ela não dizia nada, só continuava a balançar a cabeça negativamente.

Zane conseguia ver apenas as costas do repórter, mas, ao olhar para a rua, viu uma van com o logotipo de uma estação de televisão local.

Ao avançar, com o maxilar cerrado, ele sabia que tornaria fisicamente impossível que aquele repórter perturbasse Ellie em um futuro próximo.

— Merda! — resmungou ele, observando enquanto Ellie tentou abrir caminho pela multidão e correu... diretamente em sua direção.

Ele a pegou com facilidade, entrando em seu caminho para que seu corpo parasse ao bater no dele. Passando os braços em volta dela, ele a manteve cativa.

— Zane — disse ela com lágrimas nos olhos. — Desculpe. Não consigo falar com eles agora. Não quero me lembrar. Não quero falar sobre o que aconteceu. — A voz dela estava assustada e cheia de pânico, uma voz que ele nunca ouvira antes.

— Você não precisa — disse ele baixinho, passando a mão em seus cabelos. — Srta. Winters — disse a voz masculina do repórter de forma insistente.

— Só algumas perguntas. — O jovem repórter se aproximou de Ellie, com o operador de câmera e a luz logo atrás.

— Não posso — soluçou Ellie. — Não consigo fazer isto agora.

Zane sentiu a raiva aumentando, uma emoção que nunca tivera com tanta intensidade. — Desligue a merda da câmera — disse ele à equipe da televisão. — Nada de entrevistas. — A voz dele foi mais um rosnado, pois o instinto de proteger Ellie contra qualquer coisa que a chateasse foi impossível de ignorar.

Olhando para o repórter com raiva, Zane exigiu: — Vão embora. Voltem para Denver agora mesmo ou garantirei que nunca mais consiga fazer outra entrevista. Ellie já passou por coisas demais. — *Jesus, como ele odiava aqueles sanguessugas.* Os repórteres continuavam bisbilhotando até que a vítima praticamente sangrasse.

— Nós não estamos na sua propriedade — respondeu o repórter com petulância. — Temos todo o direito de informar as notícias.

Zane perdeu o controle. — Vocês não estão informando porra de notícia nenhuma. Estão assediando uma vítima, uma mulher que passou por um sofrimento horrível sem motivo, sem culpa nenhuma. O criminoso está morto. Vocês só querem uma história para entreter os curiosos que desejam saber os detalhes. — Ele parou e respirou fundo. — Deem o fora de Rocky Springs e não voltem.

— Você não pode nos obrigar a ir embora — respondeu o repórter.

— Ele parece estar com os braços ocupados. Mas, se ele não consegue obrigá-los a ir embora, eu consigo — disse uma voz atrás de Zane.

Era Marcus. Apesar de Blake e Marcus terem a voz muito parecia, a declaração firme e suave era do irmão mais velho de Zane.

— Quer que eu o segure? — perguntou Blake.

— Eu ajudo — ofereceu Tate, furioso. — Merda! Achei que tinha feito tudo certinho para que ninguém a encontrasse. Desculpe, Ellie.

Zane queria desesperadamente ficar para bater o repórter insistente contra uma parede e fazer com que calasse a boca, mas Ellie tremia em seus braços. — Venha, vou levar você para o carro. — Virando-se, ele colocou o braço em volta de Ellie de forma protetora e conduziu-a até o SUV estacionado mais adiante na rua.

— Cuidaremos do assunto — disse Marcus em tom estoico quando Zane e Ellie passaram por ele.

Zane assentiu. — Eu sei. Obrigado. — Os irmãos garantiriam que a imprensa saísse da cidade, não importava o que fosse preciso para isso.

Ellie ergueu a mão para limpar as lágrimas agressivamente. — Desculpe. Foi uma tolice ficar tão chateada por causa de um repórter.

— Não foi tolice — retrucou Zane. — Se não está pronta, não precisa falar no assunto. Se nunca estiver pronta, nunca terá que dizer nada sobre isso.

Ellie fora até a polícia e dera seu depoimento. Mas, com a parte culpada morta, eles tinham anotado a explicação breve dela, sem os detalhes, e arquivaram o caso. Zane ficara aliviado, apesar de saber que, algum dia, ela teria que afastar os demônios falando sobre o assunto.

Talvez ela fale com Chloe.

Zane olhou para o perfil dela ao caminharem, notando que ela parecia exausta. Ao chegarem ao veículo, ele se sentiu culpado por não carregar as sacolas dela. Em sua sede do sangue do repórter que assediara Ellie, ele não as notara. Não que parecesse que ela comprara muita coisa. Eram apenas duas sacolas pequenas.

— Deixe que eu levo. Entre no carro. — Ele pegou as sacolas e abriu a porta para ela. Em seguida, guardou as sacolas no porta-malas.

Sentando-se no banco do motorista, ele fechou a porta e ligou o carro para aquecê-lo.

Ellie tentava tirar a neve dos cabelos com os dedos gelados.

— Espero que tenha comprado mais algumas roupas quentes — resmungou ele ao acelerar, sem nem se preocupar em olhar para trás. Zane tinha fé que os irmãos lidariam com o repórter. — Tenho algumas roupas de inverno. Só não organizei tudo ainda — respondeu ela em tom hesitante, obviamente ainda emotiva. — Tenho as coisas que você comprou para mim, mas não achei que ficaria na rua por tanto tempo. — Ela respirou fundo. — Desculpe pela cena emotiva.

— Aquelas pessoas assustaram você? — perguntou Zane, apertando os dedos no volante, furioso por alguém ter deixado Ellie chateada.

— Não me assustaram — disse Ellie com um suspiro. — Eu só não quero revelar minha humilhação para o mundo inteiro. Não sei se algum dia estarei pronta para fazer isso.

Ellie estava com vergonha e isso quase deixou Zane fora de controle. — Não foi culpa sua. Nada disso foi culpa sua.

— Isso não faz com que seja menos humilhante — retrucou Ellie.

Quando fez uma curva em direção à sua casa, ele xingou baixinho antes de responder. James fora um psicopata e Zane ainda se lembrava de quando ela lhe contara como ele a fizera implorar por comida e água. — Não sinta vergonha, nunca — disse ele. — James era o sociopata e você foi a vítima. É preciso muita coragem para sobreviver ao que você sobreviveu, Ell.

— Eu deixei que ele brincasse comigo. Que mexesse com a minha cabeça — respondeu Ellie com tristeza. — Eu sabia o que James estava fazendo e dei exatamente o que ele queria.

— Que escolha você tinha? — perguntou Zane em tom ríspido.

Ela não respondeu. O silêncio longo e pesado fez com que ele percebesse que ela não tivera escolha. Toda a liberdade, o respeito e a dignidade dela tinham sido eliminados por um filho da puta louco que gostava de atormentar mulheres.

Ele ficou aliviado quando ela finalmente respondeu baixinho: — Nenhuma. Eu não tinha nenhuma escolha. Era morrer ou permanecer viva. A sobrevivente em mim se recusou a desistir.

— Ainda bem — disse Zane com voz rouca. — Eu teria ficado muito irritado se tivesse aparecido na cabana e você já estivesse morta.

Ellie riu, um som que bateu com força no peito de Zane. Ele não ouvira Ellie rir em muito tempo. Se o senso de humor negro dele a fazia sorrir, ele ficaria feliz em parar de tentar ser politicamente correto.

— Fico feliz por não ter decepcionado você — retrucou Ellie com uma careta.

Zane sorriu de leve ao entrarem em sua propriedade. Ele levou o carro em direção à casa. — Lamento ter deixado que um repórter tivesse a oportunidade de falar com você. Eu deveria estar protegendo você.

— Você protege. E não foi culpa sua — argumentou Ellie. — Zane, você não pode me proteger do mundo para sempre, não importa o quanto eu aprecie que tente.

— Claro que posso — retrucou ele. Ele se descuidara, deixara que os irmãos o distraíssem do local onde ela estava. Dali em diante, ela seria protegida.

— Eu também tenho medo — disse Ellie baixinho.

— Do quê? — perguntou Zane, querendo saber do que ela tinha medo para que pudesse acabar com ele.

O silêncio se estendeu enquanto Zane dirigia pela propriedade. A escuridão da noite o impedia de ver a expressão de Ellie.

Finalmente, ele insistiu: — Fale comigo, Ellie. Do que você tem medo? — Tenho medo de que aconteça de novo — admitiu ela depressa. — Sei que as chances de ser sequestrada de novo, especialmente porque James está morto, são quase inexistentes. Racionalmente, entendo isso. Mas não consigo me livrar da ansiedade que sinto quando alguém se aproxima de mim, mesmo que seja de uma forma não ameaçadora. Se é alguém que não reconheço como amigo, tenho uma reação imediata de querer correr. Até recentemente, eu tinha a mesma reação, mesmo que fosse um amigo, só que não tão forte como com um estranho. — Ela respirou fundo e continuou. — Eu sei que não faz sentido. Eu sabia que o cara era um repórter. Mas, quando ele chegou perto e queria que eu falasse sobre a minha experiência, foi como se tudo fosse acontecer de novo.

A frustração de Zane com o repórter voltou. — Ele foi um idiota metido, Ell. E você tem todo o direito de ser cuidadosa. Ora, acho que você foi incrivelmente corajosa em sair de casa de novo.

— Eu quero sair. Não posso viver com medo, Zane — insistiu Ellie. — Quero me sentir normal de novo. Esta é a minha cidade. Foi aqui onde eu cresci. Nada traumático aconteceu antes comigo aqui... — A voz dela sumiu, como se estivesse com medo de mencionar o único evento arrasador que jamais tivera em Rocky Springs.

Zane estendeu a mão no escuro, procurando contato com Ellie, odiando o fato de que ela estava essencialmente sofrendo sozinha. Ele não sabia como lidar com o medo dela... nem com a própria preocupação com sua segurança.

Ele encostou na mão dela e sentiu o coração pesado quando ela a afastou por um instante. Mas, em seguida, segurou a mão dele e entrelaçou os dedos em volta dos seus de forma confiante. Zane sentiu uma ternura dolorida no peito quando Ellie apertou os dedos, mostrando sem palavras que confiava nele, que sua reação inicial fora apenas algo instintivo e momentâneo.

Depois de alguns minutos de silêncio, Ellie perguntou: — Por que não me disse que cuidou do meu apartamento? Você mentiu para mim quando me disse que ele já estava alugado.

Ele dissera a verdade porque ela merecia. — Eu queria que seu apartamento estivesse esperando você. Queria que sua vida fosse o mais normal possível quando voltasse. Eu não sabia que a encontraria quase morta. Quando começou a se recusar a ficar na minha casa para se recuperar comigo, desisti do seu apartamento. Assim, você teria que ficar comigo. Sei que foi uma coisa bem merda que fiz e desculpe por ter mentido. Mas não lamento por estar comigo, onde é o seu lugar. No momento, eu *preciso* de você comigo tanto quanto você precisa de alguém para que esteja segura e não fique sozinha. — *Meu Deus! Ele estava desesperado para ficar de olho nela em todos os momentos.*

— Por quê?

— Porque preciso estar certo de que você está realmente viva e melhorando — respondeu ele relutantemente. — Essa coisa toda... o seu desaparecimento, a longa busca, os dias infindáveis imaginando onde você estava e o que tinha acontecido, perguntando-me se estava viva ou morta. Isso me deixou muito assustado e, apesar de saber que está viva, o medo não desapareceu. — Zane começava a se perguntar se algum desapareceria.

Ela ficou em silêncio por um momento antes de finalmente responder: — Acho que você tem razão. Acho que, agora, preciso ficar com você. A noite de hoje provou isso. Até que eu consiga eliminar todos os meus demônios, preciso que você os mate para mim. Sei que o que fez foi por medo e Deus sabe que entendo isso. Mas, por favor, nunca mais minta para mim nem tente me manipular.

Aquele momento foi essencial para Zane. Foi o instante em que ele percebeu que estava completamente perdido. — Não vou mais fazer isso. — Ele se importava demais com ela para não tentar manter aquela promessa.

Capítulo 8

Os feriados passaram voando e, depois de alguns meses, ela e Zane entraram em uma rotina. Ele trabalhava no laboratório durante o dia, mas aparecia para o jantar. Ela cozinhava e lentamente organizara a casa inteira, exceto o laboratório dele.

Zane não conseguia encontrar nada, o que ela achava divertido. Não que ele fosse bom em encontrar as coisas *antes* de sua organização. Mas, quando ela terminara, ele ficara completamente perdido.

Ellie lentamente começara a trabalhar novamente em seu negócio de aromaterapia, fazendo velas e essências que a deixavam feliz. As vendas pela internet não eram milagrosas, mas eram o suficiente para pagar seu *hobby* por mais um tempo.

Depois de algum tempo, Ellie se acostumou a dirigir a BMW que Zane lhe dera, apesar de achar ser ridículo uma mulher como ela dirigir qualquer veículo de luxo. Lentamente, ela passou a ficar com cada vez menos medo de sair, mesmo quando Zane não estava por perto. Com a ajuda da dra. Townson, ela se aproximava lentamente de uma vida normal, mas sabia que demoraria um tempo até estar completamente recuperada... se era que isso aconteceria.

O corpo dela começava a ganhar peso e ela já tivera que comprar algumas roupas novas. Com sorte, chegaria a um ponto em que não sentiria mais que estava passando fome o tempo todo. Infelizmente, ainda não chegara a esse estágio. Depois de ter passado sem comida por tanto tempo, Ellie reconhecia, com tristeza, que compensava as refeições perdidas. Talvez fosse por isso que mastigava um prato enorme de nachos às duas horas da manhã. Ao acordar por causa de um pesadelo, um dos muitos efeitos colaterais de sua experiência traumática, ela não conseguira voltar a dormir. Ela se levantara e ligara todas as luzes para afastar as sombras ao chegar à cozinha, sem querer perturbar Zane com sua insônia ao ligar as luzes do corredor. Em seguida, preparou uma montanha enorme de nachos. Sem dúvida, pagaria o preço com uma azia mais tarde, mas colocara por cima uma camada generosa de jalapenos e salsa.

Agora, ela estava na outra extremidade da casa imensa, relaxando na sala de estar, comendo nachos e assistindo a um de seus programas favoritos sobre crimes. Ela tinha sorte de Zane ter televisão sob demanda e, sempre que tinha a oportunidade, botava em dia as histórias reais de crimes.

— Não foi o marido — disse ela irritada para a televisão ao assistir enquanto a polícia seguia a pista errada para encontrar o assassino de uma mulher. — Não existe motivo, não há seguro de vida e o desespero dele não foi falso — concluiu Ellie, enviando mais nachos na boca.

— O que diabos você está fazendo? — Uma voz de barítono alta soou acima do som da televisão.

Ellie deu um grito, quase virando a tigela de nachos no colo ao se virar para olhar para Zane. — Ai, meu deus. Desculpe. Não achei que você ouviria a televisão.

Freneticamente, ela olhou em volta procurando o controle remoto para desligar a televisão, mas não conseguiu encontrá-lo. Colocando a tigela sobre a mesinha em frente, Ellie começou a limpar os farelos do sofá.

— Ellie... pare — resmungou Zane, segurando-a pelos ombros. — Você não me acordou e a televisão não me incomodou. Acordei sozinho e fui até a cozinha pegar alguma coisa para beber. Só fiquei imaginando o que diabos você estava fazendo acordada. Foi para a cama cedo.

Ela soltou um suspiro de alívio ao olhar para ele. Seu coração deu um salto quando encontrou o olhar confuso dele. — Tive um pesadelo. Não consegui dormir de novo. Acontece às vezes e sei que não vou voltar a dormir logo. Portanto, levantei para assistir a um pouco de televisão.

Ele assentiu como se tivesse entendido e sentou-se no sofá. Em seguida, pegou os nachos e puxou-a para que se sentasse ao seu lado. — O que estamos assistindo?

Ellie adorava a forma como Zane só aceitava o que ela estava fazendo como normal e juntava-se a ela em sua insanidade.

— Casos forenses reais — respondeu ela sem fôlego, sem conseguir afastar os olhos do peito musculoso nu.

Zane a divertia às vezes, mas, principalmente, fazia com que seu corpo doesse inteiro para ficar mais perto dele. Ele parecia perfeitamente confortável, vestindo apenas a calça de um pijama de flanela. Ellie tinha certeza de que nenhum outro homem pareceria tão gostoso como Zane naquele momento. Os cabelos dele estavam desgrenhados, como se tivesse acabado de sair da cama, o que realmente acontecera. Mas nenhum homem devia parecer tão bonito ao sair da cama. Ela achou muito injusto.

Ellie passou os dedos pelos cabelos, sabendo que tinha cachos rebeldes espalhados por toda a cabeça. Entre isso e um pijama nada *sexy* que vestira ao ir dormir, ela tinha certeza de que parecia absolutamente assustadora.

Estranhamente, Zane não parecia notar nem se importar com isso.

Ela olhou para ele pelo canto do olho, mas agora ele estava concentrado na televisão. Uma de suas sobrancelhas estava erguida de forma adorável, como sempre acontecia quando ele se concentrava.

— Você tem razão — disse Zane ao colocar mais comida na boca e pegando o refrigerante dela sobre a mesa para tomar um gole. — Não foi o marido.

Ellie relaxou e recostou-se no sofá. — Eu sei que tenho razão. — Ela estendeu a mão e pegou o refrigerante. — Ele não tinha nenhum motivo para matar a esposa.

Zane balançou a cabeça negativamente. — Não é só isso. As provas forenses não o incriminam. Eles precisam deixá-lo de lado e procurar o verdadeiro assassino.

Ellie pegou um nacho ao responder: — É o que farão. Mas eles sempre parecem precisar primeiro liberar o marido ou namorado no começo.

— Você quer dizer que há mais desses tipos de programas? — perguntou ele com curiosidade.

Ellie riu. — Muitos deles e assisti a todos. Sou viciada. Estou lentamente assistindo aos episódios que perdi.

Ajeitando-se confortavelmente, Zane assistiu a mais dois episódios, que mostrou a polícia indo e voltando, procurando quem cometera o crime. Ellie estava certa nas duas vezes e ele concordou com ela em ambos os episódios.

Quando o segundo programa terminou, Ellie se levantou e levou a tigela vazia e a lata de refrigerante para a cozinha. Depois de desligar a televisão, Zane a seguiu.

— Vai ficar bem agora? — perguntou ele baixinho ao encostar o quadril no balcão da cozinha.

— Vou. Não foi a primeira vez que fiz uma maratona de crimes quando não conseguia dormir — confessou ela, sorrindo para ele.

— Por que não me acordou? Eu teria ficado com você antes de hoje. Você não precisa ficar sozinha.

Ellie balançou a cabeça negativamente. — Eu não queria incomodar você. É um problema meu. Depois de algum tempo, volto para a cama.

Na verdade, não houvera nada que ela quisesse mais do que a companhia de Zane naquelas noites insones, mas era mais seguro ficar sozinha. Ele era seu chefe agora e ela precisava do emprego. De alguma forma, ela precisava superar o desejo de subir no corpo dele como uma alpinista e fazer sexo selvagem ao descer.

— Na próxima vez... acorde-me — exigiu ele, lentamente empurrando-a contra o balcão da cozinha.

O corpo dele encostou no dela e Ellie mal conseguiu levantar a cabeça o suficiente para encará-lo. — Por quê? — perguntou ela com simplicidade.

— Porque vou tentar fazer com que se esqueça de todos os seus pesadelos.

— Como?

Os olhos de Zane brilharam como prata derretida, fazendo com que o coração de Ellie disparasse.

Beije-me. Por favor, beije-me.

Ela desejara que ele a devorasse como acontecera no dia em que a levara para casa. Só que, agora, não queria que ele parasse. Ela ficara tão ligada a ele de todas as formas, menos a física. E, agora, também queria isso.

Ele se inclinou para baixo, tão perto que ela sentiu o hálito quente no lado do rosto. Ele respirava tão depressa e com tanta força que ela conseguia ouvir.

— Merda! Não consigo fazer isto! — rosnou Zane ao dar um soco no balcão ao lado dela. — Você precisa de um amigo agora. A última coisa de que precisa é um homem que queira trepar com você até ficar com as bolas roxas.

Atônica pela confissão de Zane, Ellie passou os braços em volta do pescoço dele enquanto ele tentava se afastar. — Você... me quer?

Ele assentiu lentamente. — Eu não *quero* querer você, mas quero. Eu não *deveria* querer você porque é minha amiga, agora minha funcionária. E está se recuperando de um trauma emocional que a maioria das pessoas nem consegue entender. Eu poderia me enganar para sempre, mas não posso mudar o que é e o que provavelmente será eternamente. Não consigo racionalizar nem achar sentido nisso. Mas quero colocar meu pau dentro de você e perder-me nesse prazer mais do que qualquer outra coisa na vida. — Ele enterrou a mão nos cabelos dela, agarrando alguns cachos. — Quero ouvir os seus gemidos de prazer, quero que grite meu nome quando gozar. Quero ser o cara que vai trepar com você até que nem lembre mais do seu nome.

A voz dele estava perigosamente rouca, como se cada palavra dita fosse arrancada de alguma caverna profunda em seu interior. Ellie estremeceu quando ele encostou o corpo forte contra o seu, sentindo o pênis enrijecido contra seu quadril. — Você seria o meu único

— sussurrou ela suavemente, logo antes de Zane baixar a cabeça e capturar sua boca.

Ele explorou a boca de Ellie como se fosse um alimento e estivesse faminto. Ela sentiu o sexo se contrair quando as línguas se entrelaçaram, com os dois desesperadamente tentando chegar mais perto um do outro. Ao entrelaçar os dedos nos cabelos dele, ela se esforçou para respirar quando Zane mordeu seu lábio inferior antes de acariciá-lo com a boca novamente.

— Eu também quero você — confessou Ellie ao enterrar a cabeça no pescoço dele, quase soluçando ao sentir o perfume masculino de Zane. — Tanto que chega a doer.

As mãos dele percorreram o corpo dela, uma parando em seu traseiro, enquanto a outra deslizou pela frente do pijama velho e por dentro da calcinha. — Meu Deus, você está tão molhada, Ellie, e tão quente. Você faz ideia de como é difícil não trepar com você?

Ela se sentiu em chamas, com o corpo inteiro contraindo-se enquanto Zane procurava o centro sensível de nervos. O polegar dele deslizou com facilidade em volta e sobre o clitóris, pois a área estava muito molhada.

— Zane! — gritou ela, com o corpo vibrando de prazer. — Goze para mim, Ell. Não posso trepar com você porque é virgem, mas preciso vê-la gozar — disse ele baixinho em seu ouvido antes de passar a língua sobre a pele sensível de seu pescoço.

Ela soltou uma exclamação quando os dedos dele invadiram sua boceta, fazendo com que sentisse coisas que nunca sentira. Ellie apertou os cabelos dele com mais força e puxou-os até que ele finalmente cedeu e beijou-a. A boca de Zane a devorou enquanto ele continuava a atormentá-la com os dedos.

A urgência de ficar mais perto dele ficou maior e Ellie só conseguiu gemer contra os lábios dele até que tudo desapareceu de sua mente, exceto *ele* e o que fazia com o seu corpo.

Sem pensar, ela saltou e passou as pernas em volta da cintura dele, quase implorando para que trocasse os dedos pelo pênis. — Preciso de mais — pediu ela.

— Acho melhor não, querida. Acho que você só precisa gozar — exigiu Zane, com os dedos ainda sobre o clitóris quando ela empurrou o quadril com força contra a mão dele.

Ellie gemeu quando o nó em suas entranhas começou a se desenrolar, com a sensação indo diretamente para seu sexo. Agarrando-se com força em Zane, ela deixou o corpo assumir o controle, incapaz de fazer qualquer coisa além de deixá-lo fazer com que gozasse.

Seu corpo inteiro estremeceu quando ela explodiu, ainda agarrando os cabelos de Zane ao gritar o nome dele. — *Zane.* Ai, meu Deus. Nunca me senti assim antes.

— Só aproveite o orgasmo — comandou Zane. — Estou aqui. Vou manter você segura, Ell. Prometo.

Ela confiou nele enquanto seu corpo era invadido pelo prazer. Zane moveu as mãos e deixou que ela usasse os músculos do abdômen para se esfregar nele enquanto sentia o orgasmo mais incrível que já experimentara. As mãos dela desceram pelas costas dele, com as unhas enterrando-se na pele e o quadril pressionando contra o dele. Ellie gemeu com prazer desenfreado quando o clímax chegou ao máximo e ela lentamente começou a flutuar de volta para a Terra.

Forçando as mãos a relaxarem para que não o arranhassem ainda mais, ela deixou a cabeça cair sobre o ombro dele, com o corpo completamente exausto.

Ao abaixar lentamente as pernas de Ellie para o chão, Zane a pegou no colo e carregou-a de volta para sua cama.

Ellie estava muda, com o corpo e a mente ainda abalados. O que poderia dizer? *Ahm... desculpe, acabei de gozar enquanto me esfregava no seu corpo perfeito?* Não. Provavelmente não era a coisa correta a dizer naquela situação constrangedora.

Zane acariciou seus cabelos ao ajeitar o cobertor em volta dela. — Vai conseguir dormir agora?

Ellie reprimiu um bocejo. — Sim.

Ele se sentou na beirada da cama. — Ellie, por que nunca me disse que era virgem?

— O assunto nunca surgiu — respondeu ela na defensiva. O estado de seu corpo era algo pessoal. Não era como se tivessem conversas íntimas e profundas sobre sexo. Na verdade, geralmente era algo que não discutiam.

— Fico feliz por ter me dito antes que fosse tarde demais. Você deve estar se guardando para outra pessoa.

Ela sentiu o coração pesado. — Você não gosta de transar com virgens? — perguntou ela curiosa.

— Não — respondeu ele enigmaticamente. — Vá dormir.

Ele se levantou, desligou a luz suave do abajur sobre a mesinha de cabeceira e andou em direção à porta do quarto. Virando-se, ele disse em tom casual: — Amanhã tenho que ir à Denver para um baile de caridade da Colter Labs e ficarei na cidade por alguns dias para fazer algumas coisas no laboratório. Quer ir?

Ellie engoliu em seco, confusa com a rejeição dele, seguida da pergunta sobre se iria para Denver. — É claro, sou sua assistente.

— Não estou perguntando se quer me acompanhar no baile como funcionária — disse ele em tom grave. — Estou perguntando se quer ser minha acompanhante. Quer ir?

O coração dela ficou mais leve, mas ela ainda não conseguiu entender o comportamento de Zane. Estava escuro e ela não conseguia ver sua expressão. — Sim — respondeu ela em tom suave. — Eu adoraria. Nunca fui a um baile.

Talvez aquilo soasse ridículo, mas era a verdade. A mãe de Chloe fizera eventos no *resort* e Ellie sempre fora convidada, mas nunca participara.

— Ótimo. Pelo menos serei seu primeiro em alguma coisa — respondeu ele com tom satisfeito antes de se virar e ir para o próprio quarto. Ellie suspirou. Ele poderia ter sido seu primeiro amante, mas não quisera. Agora, estava feliz porque ela o acompanharia em um baile?

Balançando a cabeça no escuro, ela se perguntou se algum dia entenderia exatamente como a mente de Zane funcionava. Ele era um gênio, mas também era homem. Os homens comuns pensavam da forma como Zane pensava?

Por algum motivo, ela achava aquilo muito improvável. Depois de ouvir Chloe durante anos falando sobre os irmãos, Ellie sabia que Zane era único. Ellie sabia que nunca conheceria ninguém como ele.

Enquanto seus olhos se fechavam devagar, ela sorriu. De certa forma, ela se sentiu mais feliz por ele tê-la convidado para um encontro de verdade do que se a tivesse levado para a cama. Era algo importante, mas ela estava tão cansada que pegou no sono ainda sem entender exatamente o que Zane estava pensando.

Capítulo 9

Ellie não conseguia se lembrar de um momento em que se sentira mais deslocada.

No entanto, não deixaria que os nervos estragassem a noite de fantasia com o cara mais bonito do baile.

Ela tivera exatamente um dia para se preparar para o baile de caridade de Zane depois que chegaram à casa dele em Denver. Por sorte, o lugar não estava tão desorganizado quanto a casa nas montanhas, mas ainda havia pilhas de papéis espalhadas por toda parte que precisavam ser classificadas e guardadas.

A mansão de Denver era maravilhosa. Não que ela esperasse que *não* fosse, mas ficou maravilhada mesmo assim. Diferentemente da casa de Rocky Springs, os quartos eram todos no segundo andar, deixando a área de estar no térreo enorme. Sinceramente, ela não tinha certeza se já vira todos os aposentos da casa. Eles tinham chegado na noite anterior e ela estivera ocupada durante a maior parte do dia.

Mais cedo, ela fora se arrumar, deixando os cabelos em um estilo elegante alto, com os cachos curtos quase recusando-se a serem domados de forma sofisticada. A maquiagem fora feita por um profissional. Ela escolhera um vestido preto simples, algo caro o suficiente para fazer com que se contorcesse. Mas ela o comprara mesmo assim, depois de pendurá-lo de volta várias vezes na loja de departamentos por não ter certeza se conseguiria justificar gastar tanto dinheiro com um vestido. Depois do vestido, ela precisara de acessórios. No fim, ela gastara mais dinheiro naquele dia do que nos vários anos em que morara em Rocky Springs.

Mas, por algum motivo, não se arrependia.

Ao parar na frente do espelho mais cedo, Ellie fizera uma avaliação completa de si mesma, não apenas do corpo físico no reflexo. Sim, ela admitira que estava bonita, mas, principalmente, reconhecera que mudava a forma como olhava para si mesma. Ela se sentia mais forte e mais livre do que nunca. Talvez fosse por causa da experiência que tivera, mas tinha a sensação de que Zane começava a fazer com que se visse de uma forma totalmente nova. Ele gostava dela. Ele se importava com ela. Ele destacava coisas que realmente admirava ou gostava nela. E Ellie começara a notar coisas sobre si mesma que nunca considerara.

Ela estava ficando mais forte.

Estava aprendendo a lidar com seus medos.

Ela não deixaria que o que acontecera moldasse sua vida. Ela gostava do que estava fazendo e gostava... de si mesma.

Ellie suspirou e pegou outra taça de champanhe de um garçom que passava ao voltar do banheiro, ansiosa para encontrar Zane. Ela tinha o acompanhante mais bonito e inteligente do baile e não pretendia deixá-lo sozinho esperando-a.

Ele deixara muito claro que ela *era* sua acompanhante e tratara-a como uma princesa. Zane não perdia a oportunidade de lhe dizer como estava bonita e dera-lhe um belo buquê de flores antes de saírem de casa, pois sabia como ela gostava de flores.

O jantar fora incrível. Zane a levara a um restaurante sofisticado e a comida estivera tão gostosa que Ellie tivera dificuldades em não gemer de prazer ao comer mais do que deveria, incluindo a sobremesa.

Quando chegaram ao local do baile, ela tivera que admitir que se sentia intimidada pela riqueza aparente à sua volta. Entretanto, Zane estivera lá para lhe lembrar de que todos podiam ser ricos, mas ainda eram humanos como todos os outros. Isso a fizera relaxar um pouco, mas tudo à sua volta era tão perfeito e um contraste tão grande com sua vida antiga que ela não conseguiu evitar um certo nervosismo.

Ela ficou na ponta dos pés, tentando ficar um pouco mais alta, para varrer o salão elegante e cheio em busca do seu acompanhante. Era difícil reconhecê-lo com facilidade, pois todos os homens estavam vestindo terno, incluindo Zane.

Minha nossa, ele estivera de tirar o folego ao entrar na cozinha mais cedo naquele dia, perfeitamente arrumado e impecável na roupa preta. O rosto fora recém-barbeado, os cabelos ainda estavam úmidos do banho, mas ele parecia delicioso. Ellie tivera que se perguntar por um momento se teria que limpar a baba da boca.

Ela tinha acabado de tomar a segunda taça de champanhe quando viu Zane. Ele conversava com uma ruiva cheia de curvas e parecia desconfortável. Não que os outros notariam, mas Ellie percebeu os sinais sutis.

Abrindo caminho pela multidão, ela atravessou o salão, hesitando porque não queria interrompê-lo. Mas, quando viu a ruiva colocar o dedo no rosto de Zane, percorrendo a linha da mandíbula dele, Ellie enxergou tudo vermelho e teve certeza de que não estava discutindo negócios.

Ele é o meu acompanhante, caralho. Eu me sinto como Cinderela e não vou perder a minha chance no baile.

Desviando de todos os casais lindamente vestidos ao andar na direção de Zane, não foi difícil perceber que ele não respondia aos avanços da ruiva ousada.

Ellie sorriu quando ele segurou o pulso da mulher e afastou-o de sua mandíbula com expressão estoica ao falar com ela.

Parando abruptamente ao se aproximar do casal, Ellie ficou momentaneamente surpresa ao ver que a mulher era jovem e muito bonita.

E Zane estava, obviamente, completa e totalmente... desinteressado.

Ela deu um passo à frente e ficou ao lado de Zane, colocando o braço no bíceps musculoso dele. — Desculpe — disse ela com um sorriso largo que torceu para não parecer falso como era. — Os banheiros estavam cheios.

Ela o sentiu tenso sob seus dedos por um momento breve antes de perceber quem o tocava. Em seguida, ele relaxou e finalmente virou a cabeça para encará-la. — Valeu a espera — respondeu Zane em tom suave, passando o braço em volta da cintura dela. — Quem é essa? — perguntou a mulher que estivera avançando sobre Zane.

— Minha acompanhante — respondeu Zane simplesmente, sem se dar ao trabalho de apresentá-las.

Ellie estendeu a mão para a mulher linda à sua frente, recusando-se a deixá-la perceber que se sentia intimidada. Mas, sinceramente, ela sentiu um pouco de medo da beldade ruiva. — Sou Ellie Winters — disse simplesmente.

Ignorando a mão estendida de Ellie, a mulher encarou Zane friamente. — Você não me disse que tinha uma namorada — sibilou ela.

Ele deu de ombros, pegou a mão estendida de Ellie e entrelaçou os dedos nos dela, puxando-a para mais perto. — Por que deveria? — respondeu ele em tom de dispensa.

Ellie subitamente viu a expressão da mulher mudar de sedução para raiva. — Estive tentando atrair a sua atenção por quase um ano e você escolhe alguém como *ela*, em vez de *mim*?

O músculo no maxilar de Zane começou a se contrair, um sinal sutil de que ele estava furioso. Ellie se tornara mestre em ler a linguagem corporal de Zane durante os meses anteriores, pois nem sempre ele expressava o que tinha em mente. Ele podia ficar irritado, mas nunca perdia completamente o controle. Ele respirou fundo antes de falar. — Esperei que tivesse entendido a mensagem de que eu não estava interessado, Elena. Ou talvez o fato de estar trepando com seu chefe, e ele parece gostar de você, tenha acabado com o meu interesse. Mas, francamente, os motivos são irrelevantes. Você simplesmente não me atrai.

Ellie não conseguiu evitar. Ela encarou Zane por um instante antes de forçar a própria expressão de volta ao normal. O comentário de Zane fora dito em um tom glacial que ela nunca ouvira antes. Como sempre, ele foi direto, sem explicar mais do que achava necessário, mas ela nunca o ouvira falar em tom tão gelado.

Elena? Um belo nome e uma mulher linda que obviamente tinha o coração de um réptil.

A tensão no ar foi enorme quando Elena avaliou Ellie, devagar e com cuidado, obviamente achando que não valia muito. — Você acha mesmo que pode competir comigo? — bufou Elena.

Ellie se forçou a lançar um olhar breve e indiferente à mulher antes de responder: — Não há necessidade de competição — disse em um tom falsamente agradável. — Já ganhei. — Ela colocou a mão gentilmente no rosto de Zane e, em seguida, deu um beijo no canto de sua boca. Zane a pegou de surpresa ao transformar o beijo leve em um beijo possessivo. Ellie agarrou os ombros dele para não cair.

Bem ali, no meio de uma festa sofisticada de arrecadação de fundos, Zane Colter a reclamou com um beijo longo, não deixando dúvidas de que Ellie era exatamente o que ele queria.

Por um momento, ela fechou os olhos e deixou-se mergulhar na sensualidade dos lábios dele sobre os seus, com uma pulsação de energia sedutora e possessiva que nunca sentira antes.

Não foi algo longo nem inteiramente sexual, apesar de ter a intenção de excitá-la.

O abraço foi mais como uma exigência e o coração de Ellie batia de forma irregular, mesmo quando ele lentamente afastou a boca da sua.

O olhar dele encontrou o seu, com os olhos cinzentos tumultuados e famintos. O corpo dela respondeu, com uma necessidade profunda de sentir o toque de Zane tão aguda que ela mal conseguiu respirar.

Finalmente, Ellie afastou o olhar, sem conseguir mais ver o que sabia que estava refletido no próprio olhar faminto. — Ela foi embora — murmurou Ellie ao dar um passo atrás.

— Não me importo — respondeu Zane com voz rouca. — Dance comigo — disse ele, pegando a mão dela novamente e puxando-a em direção à pista de dança.

Ele a protegeu ao mover o corpo pela multidão, abrindo caminho para ela para que não precisasse se desviar das pessoas para segui-lo.

Ela estava sem fôlego ao chegar na pista de dança e tropeçou, caindo diretamente nos braços de Zane.

— Não sei dançar muito bem — confessou ela.

— Eu sei. Basta me seguir — respondeu Zane ao passar os braços em volta dela. Ele começou a mover o corpo com a melodia lenta que a orquestra tocava. — Relaxe — disse ele, passando a mão gentilmente nas costas dela.

Quando começou a seguir os movimentos dele de forma automática, Ellie sentiu o corpo derreter contra ele. Ela gentilmente encostou a cabeça no ombro de Zane. Ficou óbvio rapidamente que ele conseguia se mover competentemente na pista de dança. — Como você dança tão bem? — Sou um Colter. Minha mãe esteve envolvida em eventos de caridade desde que consigo me lembrar. Ela nos ensinou a dançar quando éramos pequenos. Tentamos participar dos eventos dela por respeito ao que ela faz.

Ele parou por um momento antes de acrescentar: — Exceto pelos leilões de bilionários. Quase todos nós conseguimos escapar desses eventos.

Ellie riu baixinho, adorando a sensação da voz profunda vibrando contra seu corpo. — Ela leiloa bilionários? — Talvez tivesse entendido mal.

— Sim, se achar que isso ajudará a tornar suas causas visíveis para o público em geral.

— Conte-me. — Ellie estava curiosa e queria ouvir toda a história sobre aqueles eventos de Aileen.

Zane começou a falar com tom desgostoso: — Uma vez, ela decidiu colocar bilionários do país inteiro no bloco de leilão. Somente uma noite. Somente um encontro. O evento arrecadou uma fortuna e atraiu muita atenção. Agora, ela está tentando fazer isso de novo.

— Algum dos irmãos Colter participou? — perguntou Ellie, notando que ele não dissera que todos tinham escapado do evento.

— Somente Tate. Ele estava solteiro na época. Pobre coitado. Por sorte, ele acabou com uma mulher vencedora que tinha cerca de oitenta anos e só queria conversar sobre os netos a noite inteira. Mas ele teria aceitado qualquer pessoa de bom grado. Tate é assim.

Ele sempre conseguia encantar qualquer mulher, mesmo na época da escola.

A voz de Zane foi pensativa e Ellie perguntou: — Acha que não teria conseguido fazer o mesmo? — As mulheres obviamente se atiravam aos pés de Zane, apesar de não ser pelos motivos certos. Mas, por algum motivo, ela suspeitava de que ele não se achava à altura dos irmãos.

— Sou um cientista nerd, Ellie. Só sou... diferente. Você sabe que não sei muito bem como jogar conversa fora e todos os meus irmãos conseguem encantar qualquer pessoa em qualquer tipo de festa ou evento. Chloe pode não gostar de pedir ajuda a eles, mas sabe ser a anfitriã perfeita quando precisa.

Inclinando a cabeça para trás, Ellie olhou para o rosto de Zane, sentindo o coração apertado. — Você não precisa ser diferente — disse ela em tom feroz. — Você não é mais aquele garoto nerd, não que houvesse algo de errado com isso. Você cresceu e amadureceu para ser o cara mais gostoso que já vi. E daí se não quer falar sobre o clima, a não ser que seja algo fora do normal? É chato jogar conversa fora e você tem coisas mais importantes a discutir.

Ele ergueu a sobrancelha. — Acha que sou gostoso?

Zane estava brincando, mas Ellie tinha quase certeza de que ele ainda tinha uma dúvida na mente sobre seu valor em comparação aos irmãos.

Ellie apertou os braços em volta do pescoço dele, com os efeitos do champanhe que tomara deixando-a um pouco menos inibida. — Acho homens inteligentes incrivelmente *sexy*. Você tem olhos maravilhosos, um corpo gostoso e uma mente que admiro. Você é tenaz e foi a única pessoa que ainda estava me procurando quando todos os outros achavam que eu estava morta. Você é o meu herói. Eu diria que isso o coloca muito alto na escala de sexo por motivos que não têm nada a ver com o seu dinheiro.

Ele encostou a boca na orelha dela. — Não sou o seu herói. Sou só um homem.

Ellie estremeceu quando o hálito quente bateu em sua orelha. A voz rouca dele fez com que suas entranhas se contraíssem com tanta força que ela errou um passo. Zane a ajudou a se recuperar rapidamente antes que ela respondesse: — Um homem incrível.

— Não quero que me queira só porque salvei a sua vida — retrucou ele.

Surpresa, ela respondeu em tom firme: — Não é por isso. Nunca foi. Eu sempre gostei de você, muito antes de salvar a minha vida.

A música terminou no momento em que ela acabou a frase. Zane a inclinou para trás, apoiando-a pelas costas. Instantaneamente, ele a puxou para cima novamente com força e ela bateu contra o corpo musculoso.

— Você não está usando sutiã — disse ele irritado.

— Como sabe disso? — perguntou ela, com as palavras abafadas contra o peito dele.

Na verdade, ela *não* estava usando nenhuma roupa íntima. O vestido tinha mangas longas, que deixavam os ombros à mostra, algo em que ela não pensara ao comprar o conjunto. Quando descobriu que não tinha as roupas íntimas adequadas para usar com o vestido, resolveu não usar nada. O material era pesado o suficiente para não mostrar nada e ela não estava com aparência nada indecente.

— Seus mamilos estão rígidos. Percebi quando o tecido esticou — resmungou Zane.

Todos aplaudiram a orquestra e Ellie fez o mesmo ao responder: — Então talvez você não devesse me segurar tão perto nem colocar sua boca *sexy* contra a minha orelha. — Ela se virou para sair da pista de dança.

Zane segurou seu braço antes que ela conseguisse se afastar. — Dançar a deixou excitada?

Ellie pegou mais uma taça de champanhe de um garçom que andava pela beirada da pista de dança e deu um gole grande antes de olhar para ele. — Não dançar. Dançar com *você* me deixou excitada.

— Sem dizer nada, ele a pegou pela mão e atravessou a multidão até chegarem a uma mesa vazia. Ele a ajudou a se sentar antes de dizer: — Fique aqui. Vou até o bar. Acho que preciso de uma bebida.

— Estão servindo champanhe no salão inteiro — lembrou Ellie.

— Preciso de algo mais forte que isso. — Ele colocou a mão no bolso da calça, com os olhos percorrendo a frente do vestido dela. — Nada de dançar com qualquer pessoa que não seja eu. Quero saber exatamente o que está vestindo debaixo desse vestido.

Ellie terminou de beber e sorriu para ele de forma doce ao acenar com o dedo para que chegasse mais perto. Olhando-a desconfiado, ele se abaixou para que ela pudesse sussurrar em seu ouvido. — Nunca usei um vestido assim, mas não queria que a calcinha ficasse marcada. Portanto, comprei uma tanga preta com renda rosa, a coisa mais linda, com meia-calça combinando. E só. Eu me sinto quase... nua.

O coração de Ellie começou a bater mais depressa quando Zane virou a cabeça e seus olhares se encontraram. O rosto dele estava tão perto do dela que Ellie teve vontade de estender a mão e agarrar seus cabelos, fazendo com que a beijasse até que não conseguisse mais pensar nem respirar.

Os olhos dele eram perigosos, com um tom de cinza escuro e turbulento que a fez pensar em uma tempestade. — Meu Deus, Ellie! Está tentando me deixar de pau duro ou só está sendo sincera? — sussurrou ele.

Ela chegou mais perto dele. — Talvez um pouco de cada — confessou ela. — Eu não gosto de flertar. — Ellie tinha a sensação de que a champanhe a fazia dizer exatamente o que queria. Em se tratando de álcool, ela era fraca, pois raramente bebia até mesmo uma taça pequena de vinho.

Ele colocou a mão em sua nuca e o toque íntimo e possessivo a fez estremecer.

— Não faça isso com ninguém mais além de mim — exigiu Zane. Em seguida, ele deu um beijo em seus lábios antes de endireitar o corpo. — Já volto. — A frase pareceu mais uma advertência do que um comentário.

Ela observou enquanto Zane andava pelo salão até o bar, suspirando com o andar sensual e provocante de um predador que ele usava para ir de um lugar a outro. Ela fixou os olhos nos ombros largos até que ele finalmente desapareceu no mar de pessoas perto do bar.

— Ah, eis alguém que ainda não conheci. E você está com Zane. Olá, mulher misteriosa.

Um homem loiro se sentou à frente dela. Os lábios sorriam, mas, por algum motivo, a expressão jovial não chegava aos olhos escuros.

— Olá — respondeu ela automaticamente. — Sou Ellie Winters.

O homem estendeu a mão sobre a mesa. — Sean Rycroft — disse ele ao apertar a mão dela. — Sou o diretor de pesquisas na Colter Laboratories. Zane é meu chefe. Quer dizer, tecnicamente, ele é chefe de todo mundo.

— Achei que Zane era o diretor.

Sean riu. — Claro que não. Ele é o presidente da empresa global inteira. E tem vários diretores nas instalações.

Ellie fez uma pausa, percebendo como sabia pouco sobre a empresa de Zane. — Ele tem laboratórios no mundo inteiro?

Sean assentiu. — Praticamente. Mas a maioria deles é de instalações de fabricação para produzir os itens que ele já desenvolveu. O laboratório de pesquisa principal é aqui em Denver. — Ele parou por um momento e perguntou: — Há quanto tempo vocês dois estão envolvidos? Zane não disse nada. Elena só me disse que ele tinha uma acompanhante.

A ruiva? Por que ela falara com aquele homem?

— Você conhece Elena? — perguntou Ellie com cautela. — Eu a conheço muito bem, na verdade. Ela é a minha assistente.

Então ele é o chefe com quem Elena está trepando. Mas, agora, ela quer pegar um peixe ainda maior: o dono da empresa inteira. Ellie ficou com pena do homem sentado à sua frente. Ele provavelmente era dez anos mais velho que Zane, mas não era feio. Ele era charmoso, mesmo se o sorriso não chegasse aos olhos. Ele parecia simpático e estava bonito no terno. Mas como ele podia *não saber* que a víbora que era sua assistente e namorada queria mais dinheiro do que Sean ganhava? E Ellie tinha certeza de que Zane pagava seus diretores muito bem.

Sorrindo de forma educada, ela revelou: — Na verdade, sou assistente de Zane. Nós nos conhecemos há muitos anos.

Sean abriu outro sorriso distante e polido. — É mesmo? Fantástico. Então vocês não estão seriamente envolvidos? Não é de espantar que ela esteja dando em cima de Zane.

Ellie encarou Sean, chocada com o tom direto. — Mas você e Elena...

— Ela se recusa a ter um compromisso. Acho que ainda está procurando alguém melhor. — A voz dele continha um toque de tristeza e amargura.

Ellie reprimiu um estremecimento de repulsa. Obviamente, a cobra ruiva estava usando Sean até encontrar um homem com ainda mais dinheiro. A ideia a revoltou, especialmente porque Sean parecia gostar dela.

Ela aceitou outra taça de champanhe de um garçom que passou antes de responder: — Acho que não entendo não querer compromisso com alguém com quem a pessoa dorme regularmente. — Ela disse aquilo em voz alta antes de perceber o que fizera. Não só ela não entendia Elena, como não conseguia entender por que Sean aguentava uma mulher que lhe causava tanta dor.

Sean deu de ombros. — Algumas mulheres são inesquecíveis. Mas ela quer a vida da alta sociedade e, algum dia, eu lhe darei isso. No momento, pelo menos ela ainda está comigo.

— O que está fazendo, Rycroft? — perguntou a voz brava de Zane atrás de Sean.

Sean se levantou. — Zane — cumprimentou ele com um aceno da cabeça. — Eu só estava conversando com sua nova assistente.

— Vá embora — disse Zane abruptamente. — E nem pense em passar um segundo sozinho com Ellie ou você se arrependerá.

Sean ergueu as mãos de forma inocente. — Achei que ela era sua nova assistente.

Zane colocou o copo sobre a mesa, estendeu a mão e agarrou a lapela do terno de Sean. — Vá — disse ele em tom grave. — Agora. Caralho. Agora. — Zane o soltou e literalmente empurrou Sean para longe da mesa.

Atônita, Ellie observou os dois homens que se encaravam. A expressão de Zane era tão intensamente feroz que ele parecia pronto para qualquer coisa.

Ela prendeu a respiração até que finalmente Sean recuou, virou-se e afastou-se sem dizer mais nada. Finalmente soltando o ar dos pulmões, ela olhou para Zane, que a encarava de forma quase assustadora.

Ela o constrangera de alguma forma? Ellie não tinha ideia de qual era a etiqueta para uma festa como aquela.

Ela tomou um gole de champanhe e respirou fundo. Em seguida, olhou para Zane de forma interrogativa, pronta para o que ele tivesse a dizer.

Capítulo 10

Zane não sabia o que diabos havia de errado com ele.

Um sorriso. Um sorriso doce de Ellie na direção de outro homem fora o suficiente para deixá-lo completamente louco. Ele se sentou e bebeu o uísque em um gole, sabendo que provavelmente estava deixando Ellie assustada. Ele olhou de relance para ela e viu a confusão em seu rosto.

Recomponha-se, homem. Um sorriso de Ellie para outro homem não é motivo para perder o controle.

Zane cerrou os punhos sob a mesa, tentando entender algo que era ilógico. Na maior parte do tempo, ele se dava bem com Sean. Sim, ele achava o cara um idiota por se meter com Elena, mas isso não era problema seu. O diretor devia saber no que estava metendo-se. Em algum momento, ele teria que se explicar para Sean, mas, naquele instante, estava mais preocupado com Ellie.

— Sean faz o trabalho dele, mas não o conheço muito bem pessoalmente. O drama com Elena às vezes sai do controle e ele emprega algumas funcionárias para tentar deixá-la com ciúmes — explicou Zane com o que achou ser uma desculpa esfarrapada.

— Eu não o estava encorajando — respondeu ela calmamente. — Ele é perigoso?

Sim, a conversa fora bem inocente. Fora a única coisa que o mantivera são.

Zane balançou a cabeça negativamente. — Não conheço a vida pessoal dele bem o suficiente para saber como ele trata uma mulher. Nunca tive motivos para me meter na vida dele. Sean não está na Colter há muito tempo. Só o que sei com certeza é que ele é louco por Elena, mas ela está sempre procurando algo melhor. Não sei por que ele a aguenta.

— Zane, sei que quer me proteger, mas, algum dia, terei que voltar para o mundo real. Algum dia em breve — disse ela baixinho, com os belos olhos azuis encarando-o.

Não. Ele não gostava *daquilo* nem um pouco. Não depois de tudo pelo que ela passara. — Você está no mundo real.

Ela balançou a cabeça negativamente. — Sempre estive sozinha, sempre resolvi meus problemas.

— Por que tem que ser assim de novo? Por que você tem que ficar sozinha agora quando precisa de apoio? — Não que Zane quisesse ser apenas amigo dela. Ficava cada dia mais duro não querer ser mais que isso. Literalmente *mais duro.*

Ela balançou a cabeça novamente e afastou o olhar, passando-o para a taça de champanhe enquanto passava o dedo na haste. Ora, até mesmo aquilo o deixou excitado. Ele queria aqueles dedos acariciando seu corpo inteiro.

Lembrando-se subitamente do motivo pelo qual ficara afastado por tanto tempo, ele colocou a mão no bolso do casaco e tirou os itens que ganhara no leilão silencioso.

— Ganhei um dos lances no leilão. Quero que fique com isto. — Ele empurrou uma caixa de veludo branco sobre a mesa.

Verdade fosse dita, ele garantira que ganharia ao dar uma pequena fortuna de lance naqueles itens. No minuto em que os vira, sabia que precisavam ser de Ellie.

Ela o encarou confusa e, em seguida, baixou o olhar para a caixa, traçando com o dedo as letras douradas no topo — Mia Hamilton?

Ele assentiu. — Ela faz algo de especial para minha festa de arrecadação de fundos todos os anos. A maior parte do dinheiro deste ano vai para uma organização de caridade conjunta para vítimas de abuso doméstico. A cunhada de Mia a fundou. Asha Harrison. Eles fazem um trabalho muito bom. Meus irmãos e Chloe apoiam a organização de Asha.

Ellie assentiu lentamente. — Ouvi falar dela. Lara também está envolvida. — Há muitos doadores ricos agora em todo o país. É uma excelente organização de caridade que tem poucas pessoas na administração, pois há muitos voluntários. — Ele acenou com a cabeça para a caixa. — Abra. Espero que goste.

— Zane, é algo feito por Mia Hamilton? — É claro — respondeu ele.

— Não acredito que estou até mesmo tocando nisso. As coisas dela são exclusivas. Nunca vi nada pessoalmente, só fotografias.

Zane sorriu. — Mais uma novidade — respondeu ele. Impaciente, ele estendeu a mão e abriu a caixa.

Ele ouviu a exclamação atônita de Ellie mesmo no salão barulhento. — Ai. Meu. Deus. — Ela se recostou na cadeira como se estivesse com medo de encostar nas joias.

Zane não vira todos os trabalhos de Mia, mas tinha certeza de que ela se superara no colar e nos brincos que fizera naquele ano. De alguma forma, ela fizera com que uma fortuna em safiras, diamantes e ouro ainda parecesse algo cheio de classe, delicado e feminino. A corrente do colar alternava corações feitos de pequenos diamantes e safiras azuis com um leve tom roxo. A corrente descia até o meio para segurar um pingente de coração feito de uma safira grande com diamantes em volta. Para acompanhar o colar, Mia fizera brincos de pingentes simples feitos das mesmas pedras.

— Achei as joias bonitas. As safiras são quase da mesma cor dos seus olhos — disse Zane ansioso, ficando preocupado com a expressão nervosa no rosto dela.

— Bonitas? Zane, são as joias mais lindas que já vi. Posso tocar nelas?

Ele estendeu a mão e pegou a dela, colocando seus dedos sobre o colar. — Elas são suas. É claro que pode tocar nelas. — Ele ficou secretamente feliz por ela parecer tão encantada com as criações de Mia. Com cuidado, ela traçou os corações delicados na corrente e correu o dedo com cuidado no pingente de safira. — Você sabe que não posso aceitar um presente como este — disse ela em tom firme. — Mas fico muito feliz por ter visto estas joias pessoalmente. Não fui ver o que estava sendo leiloado.

Ele se levantou e tirou o colar da caixa. Parando atrás de Ellie, ele colocou a corrente em volta de seu pescoço e fechou a presilha. Ele não fez o mesmo com os brincos, pois Ellie já usava um par que Zane não pretendia tirar para substituí-los.

Sentando-se novamente, ele avaliou o contraste incrível das pedras brilhantes contra a pele clara de Ellie. — Perfeito — declarou ele, satisfeito porque o colar encontrara o lugar a que pertencia.

— *Tire isso de mim* — exclamou Ellie, com pânico na voz.

Ele sorriu. — Em qualquer outro momento, eu adoraria ouvir essas palavras saírem de sua boca, mas não agora.

— Zane, não posso usar isto. E se alguém tentar roubar? E se a presilha quebrar e eu perdê-lo? — Ela se inclinara sobre a mesa para que pudesse falar sem atrair atenção.

Ele deu de ombros. — É só uma joia.

— Uma joia que custa mais do que a casa da maioria das pessoas — respondeu ela em tom frenético.

Zane estava ficando irritado porque a objeção dela era apenas sobre o quanto ele gastara. Logicamente, ele entendia a situação, mas nunca sentiria falta de um centavo sequer que gastasse. — Foi um presente, Ellie. O dinheiro foi para uma boa causa. Nossa! Você não pode aceitar um presente meu sem se preocupar com devolver o dinheiro? Quero que tenha as joias. Elas combinam com os seus olhos e a safira é a pedra do seu nascimento. Coincidentemente, é do meu também.

Ela baixou os olhos. — Desculpe. É um presente maravilhoso, mas você não entende que não estou acostumada a ganhar presentes como este?

— Eu entendo, sim. Mas você tem que entender que estou muito acostumado a dar este tipo de presente. Não exatamente joias, mas coisas caras do ponto de vista das pessoas médias. Para mim, não é tão caro assim — relembrou ele. — É como você mandar flores para uma amiga ou comprar um cartão.

Ellie deu uma gargalhada. O som apertou o coração de Zane como um torno. Ela fez um gesto de desprezo antes de responder: — Isso é verdade, acho. Mas eu me sentiria mais confortável com flores. — Ela encostou no colar com cuidado. — E eu sei que é por uma boa causa. Mas é algo que você precisa guardar para alguém especial — disse ela, colocando as mãos na nuca para tirar o colar.

Ele se levantou e segurou os pulsos dela. — Não — disse ele. — Estou pronto para ir embora. E você?

Ela assentiu. — Sim, mas realmente preciso...

— Vamos pegar nossos casacos. Você pode levar os brincos ou deixá-los aqui para quem quiser pegá-los. Não vou dá-los a outra pessoa. Eu os dei para alguém especial. Eu os dei a você.

Ele a puxou pelo braço para levá-los até a chapelaria. — Espere! — disse ela em pânico. — Não posso só deixá-los aqui. E preciso da minha bolsa.

Zane soltou o braço dela e deixou que pegasse a bolsa preta pequena que estava sobre uma das cadeiras. Em seguida, observou com satisfação quando ela fechou com cuidado a tampa da caixa e guardou os brincos na bolsa.

— Você não está sendo justo — disse ela ao passar por ele.

— Você não foi justa quando decidiu não usar praticamente nada debaixo desse vestido — retrucou Zane ao pegar a mão dela.

— Não é a mesma coisa — disse ela, parecendo uma professora *sexy*.

— É quase a mesma coisa — retrucou ele em tom direto, continuando a conduzi-la em direção à porta.

Ele estivera de pau duro desde o momento em que a vira naquele vestido preto. Ellie era tão linda naturalmente que não precisava de maquiagem nem de penteado, mas a perfeição de sua aparência naquela noite o deixara louco. Quando ele vira o contorno dos mamilos rígidos sob o tecido preto, o pênis começara a latejar de forma ainda mais insistente.

Minha!

A reação dele fora imediata e irrevogável. Ellie era sua, apesar de Zane ter certeza de que precisava mais dela do que ela precisava dele.

Depois que Ellie revelara exatamente o que vestia sob o vestido, ele quisera ver se ela só estava provocando-o ou dizendo a verdade.

No que lhe dizia respeito, não era mais hora de jogar de forma justa. Vê-la ter um orgasmo uma vez não fora o suficiente. Ele estava viciado. Precisava vê-la gozar de novo, ouvi-la gritar seu nome. Estranhamente, ele não se importava que ela fosse virgem, exceto pelo fato de ter sido o primeiro e único homem dela, algo que o fazia ter vontade de trepar com Ellie ainda mais. Mas ele não quisera fazer isso naquela noite porque precisava saber que ela realmente queria que fosse seu primeiro. Agora, ele sabia que não seria apenas seu primeiro... seria seu único.

Sinceramente, Ellie sempre fora a pessoa para ele. No subconsciente, talvez ele sempre soubera disso, mas ficara bem claro nas poucas vezes em que a vira em Rocky Springs. Ele não fizera nada na época, o que era algo de que se arrependia. Mas faria agora.

Eu quase a perdi.

Era muito triste pensar que fora preciso que Ellie quase morresse para que ele encontrasse coragem para isso. De uma coisa ele tinha certeza: estava pronto para lutar pelo que queria.

Chegava de jogar limpo. Zane estava pronto para jogar sujo, sabendo que seria muito mais satisfatório para os dois.

Não demorou muito para que chegassem à casa de Zane. Ele usara a limusine e o motorista, que os deixara em casa depois de um percurso rápido e tranquilo.

O champanhe que Ellie bebera começava a desaparecer, mas ela ainda estava um pouco tonta ao perguntar a Zane: — Está com fome? — Eles tinham parado na cozinha para pegar uma bebida. Ela lhe entregou uma Coca-cola que pegara na geladeira, escolhendo uma dietética para si mesma.

Quando ela colocou a lata sobre o balcão para abri-la, Zane a prendeu por trás, colocando uma mão de cada lado de seu corpo. — Não de comida. Mas estou louco para descobrir por que você mentiu para mim a noite inteira. — Uma mão exploradora parou no traseiro dela, beliscando a nádega e acariciando para ver se havia algum tecido sob o vestido. Ela prendeu a respiração quando ele começou a subir o tecido do vestido pelas coxas e até as nádegas.

— Jesus Cristo! Você realmente não está vestindo mais nada, não é?

Ela agarrou o balcão à sua frente e balançou a cabeça negativamente. — Não, eu falei que não estava.

— Vire-se — exigiu ele depois de abrir o zíper na parte de trás do vestido.

Ellie queria tanto o contato de sua pele com a dele que obedeceu. — Não consigo fazer isto — protestou ela fracamente, tentando lutar contra os desejos do corpo com a lógica da mente. Infelizmente, o corpo ganhava a batalha. Ela desejara Zane por tanto tempo e com tanta intensidade que suas defesas desmoronavam.

Depois de levantar o vestido por cima da cabeça de Ellie e jogá-lo no chão, Zane a segurou pelos ombros. — Você disse que queria alguém que a vê, alguém que goste de você. Suponho que tenha guardado a virgindade para esse homem. E esse homem sou eu, Ellie. Claro que não sou virgem, mas acho que estive esperando você a vida inteira. Se quiser recuar, faça isso agora. Não sei se conseguirei me deter mais tarde.

Quando ela olhou para Zane, a expressão dele era feroz e seus olhos praticamente devoravam o corpo quase nu dela com apreciação.

— Acho que sempre esperei você — admitiu ela baixinho, finalmente encontrando o olhar dele que subiu para o seu rosto. — Mas estou com medo. — Por quê? — perguntou ele em tom de urgência, parecendo ligeiramente preocupado. — Eu nunca machucaria você, Ell.

Ela balançou a cabeça negativamente. — Não é isso. Eu quero você. Quero estar com você. Mas, quando terminar, tenho medo de querer muito você todos os dias. — Ele correu os dedos lentamente do belo colar que ela usava, descendo pelo seu corpo até chegar à calcinha minúscula. Os dedos esfregaram o tecido sedoso, provocando-a com o prazer que ela sabia que teria com ele. E só com ele.

O motivo pelo qual ela não fizera sexo antes era simples: nunca quisera ninguém exceto Zane.

— Então pode me querer, Ellie. Pelo amor de Deus, queira tanto quanto quero você — respondeu ele com voz rouca, beijando a testa, as bochechas e o lado da boca de Ellie. — Precise de mim tanto que ache que enlouquecerá. Estarei por perto para acabar com essa dor, pois sei exatamente qual é a sensação.

Ela se sentiu nua, emocional e fisicamente, ao ficar parada diante dele apenas de calcinha. Ela passou os braços devagar em volta do pescoço dele, enterrando uma das mãos nos cabelos densos, adorando a sensação dos fios passando entre seus dedos. — Sim — respondeu ela simplesmente. — Por favor.

Ellie imediatamente sentiu seu corpo sendo levantado e carregado, sem saber para onde iriam até que ele a colocou no meio da própria cama. — Quero fazer isto direito, Ellie. Não quero que sinta um segundo sequer de dor.

Ela não se importava se doesse, desde que conseguisse sentir Zane dentro de si o mais depressa possível. — Não me importo. Só quero você.

— Você já me tem — retrucou ele ao começar a tirar a roupa. — E não tenho a menor intenção de deixá-la ir embora.

Ellie estava nervosa. Não que tivesse algum desejo de recuar naquele momento. Ora, ela quase morrera nas mãos de um sociopata. Queria descobrir como era estar com alguém que gostava dela, um homem que quisera por tanto tempo que não tinha certeza de quando a dor profunda em suas entranhas começara. Mas a falta de experiência a deixava ansiosa.

— Não sei o que fazer — confessou ela, sentando-se sobre a cama com as pernas cruzadas enquanto observava Zane tirar a gravata borboleta. Ellie passou a língua sobre os lábios secos de forma apreensiva quando ele começou a abrir a camisa, revelando o abdômen e o torso musculosos que seus dedos queriam muito tocar.

— Qualquer coisa que quiser, Ellie. Qualquer coisa de que precisar.

— Preciso tocar em você — disse ela sem fôlego ao assistir enquanto ele tirava a camisa.

Ele ficou imóvel quando ela rastejou lentamente para fora da cama e ficou de pé ao seu lado.

Capítulo 11

Seguindo seus instintos, Ellie estendeu a mão e desabotoou a calça de Zane, puxando o zíper para baixo com cuidado. Ela nunca fora até o fim, mas estava familiarizada com a parte das preliminares. Porém, fazia bastante tempo. Ela segurou a cintura da calça dele e empurrou-a para baixo, levando junto a cueca preta.

Ficando de joelhos, ela continuou a empurrar, surpresa quando o pênis agora livre quase atingiu seu rosto. — É enorme — murmurou Ellie incrédula ao tentar envolver o membro com a mão quando ele estava completamente ereto.

Zane gemeu e passou a mão nos cabelos dela. — Jesus Cristo. Talvez eu não sobreviva a isto.

Ela o soltou imediatamente e terminou de tirar a calça e a cueca dele. Zane levantou um pé de cada vez para tirá-las por completo. — Desculpe. Eu fiz alguma coisa errada? — Ellie não conseguiu esconder a preocupação na voz.

— Não, querida. Não é você. — Ele a puxou para que ficasse de pé e passou os braços em volta dela. — Mas ver você de joelhos com meu pau na mão é uma fantasia do caralho para mim.

Ellie não tinha certeza se isso era bom ou ruim, mas estava totalmente disposta a fazer de novo. — Não me importo de realizar qualquer fantasia sua — disse ela ansiosa.

Ele afastou um cacho de cabelos do rosto dela ao responder: — Tenha cuidado com o que promete, Ell. Eu tenho uma imaginação muito suja no que diz respeito a você — respondeu ele em tom perigoso.

Ela sentiu um arrepio na espinha quando Zane baixou a mão de seu seio para o traseiro nu, acariciando-o ao mesmo tempo em que entrelaçava os dedos da outra mão em seus cabelos. — Preciso ir devagar, querida. Não é só uma trepada para mim.

Ele a pegou no colo e deitou-a novamente no meio da cama. Mas, desta vez, deitou por cima dela.

— Para mim também não — respondeu ela com voz trêmula. A sensação da pele sedosa e quente do peito dele em contato com os mamilos sensíveis deixou seu cérebro enevoado.

Ela correu as mãos sobre cada centímetro de pele que conseguiu alcançar, nos ombros dele, nas costas e de volta aos ombros, mergulhando na sensação de poder senti-lo contra a própria pele.

— Meu Deus, você é tão gostoso — gemeu ela, envolvendo a cintura dele com as pernas. Seu corpo já exigia satisfação.

— Pois as coisas estão prestes a ficarem muito melhores — comentou Zane ao sair de cima dela, deitando-se à sua direita.

Ela gemeu decepcionada, odiando a perda de contato com ele... até que sentiu a mão dele segurando seu seio, a boca quente baixando para chupar o mamilo rígido.

Ellie fora apalpada por caras antes, mas Zane não era só um cara. Ele era um homem adulto que sabia exatamente como tocá-la. Contorcendo-se de leve quando Zane mordeu gentilmente o mamilo, sua respiração acelerou no momento em que ele beliscou o outro mamilo.

Não havia dor real, mas ele a acariciou com a língua depois das mordidas e dos beliscões. A combinação foi tão erótica que ela sentiu o sexo vibrando com espasmos minúsculos. Ela ergueu os quadris, frustrada.

— Zane, por favor. Eu preciso.

— Quero que precise — disse ele com voz rouca ao descer a mão pelo abdômen dela. — Quero que sinta, querida. Quero que tenha a experiência completa.

Os dedos dele passaram sobre a seda que cobria sua boceta, fazendo com que Ellie estremecesse. — O que quero agora é ter a experiência de trepar com você — insistiu ela. Ellie esperara tanto tempo por aquele momento e seu corpo exigia o evento principal.

— Você terá — respondeu ele, com a voz abafada contra os seios dela. — Mas ainda não. — Ele puxou os quadris dela. — Abra-se para mim, Ellie. Abra as pernas e deixe-me tocar em você.

A voz dele foi tão exigente e persuasiva que ela obedeceu imediatamente, abrindo as pernas. Ela se sentiu tão vulnerável que foi quase assustador.

Mas logo ela esqueceu a apreensão quando Zane passou um dedo sobre os lábios molhados por cima da seda. Ele puxou a calcinha com força, rasgando as tiras e ficando com o que restou da roupa íntima na mão. Ele a jogou no chão depois de puxar o tecido devagar, deixando que ele deslizasse sensualmente entre as nádegas de Ellie.

Totalmente exposta, Ellie achou difícil não fechar as pernas. Mas, quando ele a tocou, ela ficou totalmente perdida.

Os dedos dele deslizaram com facilidade pelas dobras molhadas, trabalhando juntos para acariciar a pele sensível enquanto o polegar acariciava o clitóris.

— Ai, meu Deus. Isso é gostoso. *Tão* gostoso. — Ellie fechou os olhos, arqueando as costas enquanto os dedos talentosos dele a provocavam até o ponto da insanidade. Ela sentiu quando ele desceu pelo seu corpo, com os cabelos deslizando pela pele nua.

— Espero que isto seja ainda mais gostoso — respondeu ele com voz rouca.

Ela soltou um gritinho ao sentir a língua quente e molhada sobre o minúsculo monte de nervos que pulsava contra a boca de Zane. Ele não teve misericórdia, devorando sua boceta como se não tivesse comido em meses. As ações dele eram primitivas e carnais, com o rosto enterrado entre as coxas dela.

— Não aguento mais, Zane, por favor — implorou ela, enterrando as mãos nos cabelos dele ao sentir o clímax aproximando-se.

Ela ergueu os quadris quando os dedos de Zane encontraram a entrada apertada dela. Ele deslizou um dedo para dentro dela e, em seguida, colocou mais um. — Querida, você é tão apertada — murmurou ele, erguendo a cabeça por um instante enquanto a penetrava com os dedos.

Ellie não conseguiu responder. Seus músculos se contraíram em volta dos dedos dele enquanto ele passava a língua repetidamente sobre o clitóris. Desta vez, o orgasmo a atingiu com ondas imensas de alívio e êxtase. — Isso, não pare. Por favor, não pare — implorou ela. Suas mãos puxaram a boca de Zane com mais força enquanto Ellie movia os quadris para esfregar a boceta contra ele.

A força do clímax a deixou atordoada. As pulsações fortes percorriam seu corpo, sem querer parar.

Ellie agarrou os cabelos de Zane enquanto ele continuava a atormentá-la e provocá-la, extraindo cada gota de prazer que conseguia. Ele lambeu os fluidos que ela liberara durante o orgasmo intenso, mantendo-a em um estado constante de excitação.

— Trepe comigo, Zane. *Por favor.* Preciso de você — gemeu ela, balançando a cabeça de um lado para o outro.

Ela gozara com muita intensidade, mas seu corpo não ficaria satisfeito até que os dois se juntassem, com o corpo dele pressionado contra o dela. *Dentro* dela.

— Ellie... querida, não tenho nenhuma camisinha.

Subitamente, o rosto dele estava sobre o seu. Seus olhos eram ferozes e escuros ao encará-la com tanto desejo que o coração de Ellie ficou apertado. — Achei que todos os homens carregavam camisinhas — murmurou ela ao passar os braços em volta do pescoço dele.

— Eu não... ah, merda! Faz muito tempo. Anos — resmungou Zane. — Cansei da merda toda e desisti quando descobri que minha namorada queria pastos mais verdes. Quando preciso, eu toco uma punheta.

A ideia de Zane masturbando-se foi tão erótica que Ellie precisou fechar os olhos sob a expressão intensa dele. — Trepe comigo, Zane.

Acho que já sabe que nunca estive com ninguém. Quando fui a uma consulta de rotina aqui em Rocky Springs, pedi à médica que me receitasse um anticoncepcional.

— Por quê? — perguntou Zane em tom grave.

— Foi antes de eu ser sequestrada. Minha menstruação era muito irregular. Mas, agora, uso para me sentir mais segura. Não me peça para explicar porque eu mesma não entendo. Porém, a dra. Natalie disse que é normal ter medo de que alguma coisa aconteça de novo.

— Sei que estou limpo — disse Zane em tom direto. – Mas quero que você veja os documentos médicos.

— Não preciso de papéis. Só preciso de *você* — respondeu ela, abrindo os olhos e sentindo uma onda de calor entre as pernas ao encontrar o olhar dele. — Eu confio em você — sussurrou ela, mas alto o suficiente para que ele ouvisse. Zane a encarou por um momento. Em seguida, abaixou a cabeça e beijou-a com um desejo tão grande que a alma dela imediatamente respondeu. Ela se abriu para ele, deixando que tomasse sua boca da forma como quisesse. Ellie queria sentir o desejo dele e retribuiu o beijo da mesma forma selvagem.

Ele a penetrou com o pênis imenso sem avisar e sem hesitação. Com uma investida, ele estava profundamente dentro dela. Ele parou, enterrando-se nela e esperando que ela se acostumasse com o tamanho.

Ela afastou a boca, sem fôlego. — Você é tão grande.

Zane soltou um gemido de prazer antes de responder: — Querida, você é tão apertada e molhada que não vou durar muito. Caralho! Isto tudo parece muito surreal.

Ellie concordava plenamente. A dor momentânea de aceitar um pênis tão grande como o dele começava a sumir e o corpo dela insistia para que ele se mexesse. Passando as pernas em volta da cintura dele de forma instintiva, ela moveu os quadris contra ele, implorando pela trepada.

Quando ele começou a se mexer, Ellie se sentiu nas nuvens. Quando ele começou a entrar e sair dela, como se a vida dele dependesse disso,

Ellie sabia que nunca mais seria a mesma. A intimidade daquela conexão primitiva era fisicamente explosiva e emocionalmente feliz.

Ellie mergulhou na posse de seu corpo por Zane. Ela ergueu os quadris no mesmo ritmo das investidas frenéticas dele enquanto os dois corpos se misturavam em um amontoado de calor e desejo.

Ele colocou a mão entre eles, procurando e encontrando o clitóris. — Goze para mim, Ellie. Não consigo esperar mais. Não desta vez. Mas não vou deixar você para trás — resmungou ele, com o dedo acariciando o clitóris de maneira urgente, enquanto continuava a investir dentro dela repetidamente.

O estímulo do clitóris a forçou a explodir. Seu corpo parecia estar sendo rasgado em pedaços quando começou um clímax forte e diferente de tudo que já sentira antes. — *Isso. Ai, meu Deus. É demais.*

— Solte-se, querida. Pegue o que quer — insistiu ele com desespero.

Só o que ela queria era Zane, e isso incluía vê-lo gozar. Ela agarrou os ombros suados dele. Os dois corpos se moviam juntos de forma erótica quando as pulsações ficaram mais fortes e, logo depois, impossivelmente mais intensas.

— Zane! — Ela gritou o nome dele quando as sensações a invadiram. Ele cobriu a boca de Ellie com a sua, como se quisesse engolir a exclamação de prazer dela. O beijo foi rude e faminto, e Ellie o retribuiu. Ela estremeceu de prazer quando o corpo começou a se acalmar e os músculos dentro das paredes da boceta lentamente paravam de pressionar o pênis.

As unhas curtas de Ellie se enterraram na pele das costas dele, precisando se segurar.

Ele afastou a boca. — Caralho! — rosnou ele, apoiando o corpo nos cotovelos e jogando a cabeça para trás. Cada músculo em seu corpo estava rígido enquanto as contrações dela faziam com que derramasse sua semente. Ellie estava sem fôlego, com o corpo exausto, mas o coração ainda batia depressa ao observar Zane em seu momento de liberação. Ele nunca parecera mais lindo do que naquele momento, com o prazer parecendo tão agudo que quase chegava ao ponto da dor.

Finalmente, ele relaxou, descansando o corpo sobre o dela. Ellie entrelaçou gentilmente os dedos nos cabelos dele e segurou sua cabeça contra o ombro enquanto os dois recuperavam o fôlego.

— Jesus! Eu machuquei você? Por favor, diga que não — disse Zane com a respiração irregular.

Ela sorriu ao acariciar os cabelos dele. Fora perfeito. *Ele* fora perfeito. — Você não me machucou. Valeu a pena esperar você, Zane.

Ele ergueu a cabeça, fazendo com que os dedos dela saíssem de seus cabelos. Em seguida, encarou-a de forma intensa, um olhar que parecia procurar a certeza de que ela dizia a verdade.

Passando os dedos sobre a barba por fazer no rosto dele, ela repetiu: — Você não me machucou. De verdade. Minha primeira vez foi muito mais incrível do que eu poderia ter sonhado. Obrigada.

— Nossa! Não me agradeça por algo que eu queria de forma tão desesperada por tanto tempo. Não fiz nenhum favor a você. — Zane afastou o olhar ao rolar para ficar deitado de costas e puxou-a para cima de seu corpo. — Deveria ter demorado mais e ser muito mais gentil — comentou ele em tom de autocensura ao acariciar os cabelos e as costas dela.

Ela suspirou. — Foi incrível demais. — O corpo exausto dela estava relaxado e ainda vibrava com uma sensação agradável após o sexo.

— Então é fácil dar prazer a você — disse Zane com um toque de humor na voz.

— Está com ansiedade por causa do seu desempenho? — brincou ela.

— Foi uma primeira vez para mim também. Então, sim, talvez um pouco — admitiu ele livremente. — Posso garantir que nunca tive problemas antes.

Ellie soltou uma gargalhada com a arrogância súbita dele. — Aposto como não teve, se o que acabou de acontecer foi alguma indicação de seus desempenhos anteriores.

— Eles não importam, Ell — respondeu ele com voz grave. — Desta vez, eu queria que fosse bom para você.

Ela engoliu em seco antes de conseguir falar. — Fico feliz por ter sido você — respondeu, sem conseguir explicar o quanto significava para ela que ele se importasse.

O tempo todo, Ellie sabia que estivera esperando aquele dia, aquela noite. Ela estivera esperando Zane Colter, apesar de ele sempre ter sido um sonho impossível do qual não conseguia se livrar.

— Sempre será eu — resmungou ele, colocando a mão possessivamente no traseiro dela. — Não foi algo de uma noite só. Ainda tenho muitas fantasias sexuais sobre você que precisam virar realidade.

Ellie pensou por um momento antes de falar. — Zane, não quero que sinta que tem que fazer mais alguma coisa. — Ele fora magoado por uma mulher antes e ela não forçaria um relacionamento.

Ele se sentou subitamente, levando-a consigo. Ela acabou sobre as pernas dele e esforçou-se para ficar sentada sobre ele. Ele segurou firmemente os ombros nus dela, com expressão perturbada. — Preciso de uma coisa, querida — disse ele em tom sombrio. — Preciso de *você*. Preciso do compromisso de nós dois a essa conexão maluca que sabemos que existe. Não consigo mais ignorá-la, Ell, nem quero que você ignore. Não usei camisinha porque nunca planejei que fosse algo de uma vez só. É complicado, mas passei do ponto de me importar. Vamos deixar as coisas tão confusas quanto quisermos que elas sejam. Explore isso comigo, se não sei que nós nos arrependeremos pelo resto da vida. Pelo menos, sei que *eu* me arrependerei.

Ela inclinou a cabeça ao observar a expressão dele, que passou de sombria e confusa a determinada. Zane queria que ela fosse... *dele*.

— Monogamia? — perguntou ela para garantir que entendera o que ele queria.

Ele assentiu com força. — Para nós dois.

Ela sorriu. — Não esperei tanto tempo para jogar você fora por outro cara.

— Não sei o que eu faria se você fizesse isso. Nunca me senti assim. Jesus! Tenho ciúmes de qualquer homem que até mesmo consiga a sua atenção.

— Por causa do que aconteceu comigo? — perguntou ela em tom suave.

Ele hesitou antes de responder. — Não sei. É como quando você desapareceu. Percebi que talvez eu tivesse perdido algo que deveria ter perseguido há muito tempo. Sempre me senti atraído por você, Ellie. Mas achei que você merecia muito mais do que o cientista maluco que não sabe nada sobre um relacionamento real nem sobre romance. E você era a melhor amiga de Chloe. Porra, a minha família inteira é quase como a sua família. Poderia ter um final esquisito se você não estivesse interessada. — Os olhos de Ellie se encheram de lágrimas ao observar Zane se mostrar tão vulnerável. *Como pode ter imaginado que eu não gostaria de sair com você?*— Eu me senti atraída por você quando estava no ensino médio e isso nunca desapareceu, nem mesmo quando estava na faculdade e veio visitar. Mas você era tão inteligente, bonito e rico. Eu disse a mim mesma que alguém como você nunca daria bola a uma mulher tão simples e desesperadamente pobre como eu. Portanto, quando você veio para casa, mantive distância para não fazer papel de tola. — Parecia que seu coração estava sendo espremido e as lágrimas correram ainda mais depressa.

— Você era *cheia de curvas*, algo que me deixava de pau duro sempre que a via, querida. — Ele a puxou para o colo e abraçou-a como se nunca mais fosse deixá-la sair. — Eu adorava seus belos olhos azuis e os cabelos loiros loucamente sensuais. Você é linda, Ell. Sempre foi. Mas o que sempre gostei em você é que me aceita da forma como sou. Ora, acho que até gosta de mim como sou. — Zane respirou fundo antes de perguntar: — Então, podemos tentar? Você conseguirá ser feliz com um cara que não é exatamente especialista em palavras românticas e que não sabe o que fazer quando a vê chorando, como agora? Aliás, *por que* você está chorando?

Ela sorriu para ele por entre as lágrimas. — Porque, apesar de dizer que não é um cara romântico, acho que o que acabou de dizer provavelmente foi a coisa mais doce que já ouvi.

Capítulo 12

Eles ficaram em Denver nos meses seguintes e Ellie estava mais feliz do que conseguia se lembrar de ter sido na vida inteira. Na maior parte do dia, ela trabalhava na própria mesa no escritório enorme de Zane que ele nunca usava. Ele passava a maior parte do tempo na área de pesquisa segura do prédio imenso.

Era estranho, mas ela nunca percebera como os laboratórios dele eram grandes e multinacionais nem quanta responsabilidade ele assumia nos ombros largos. De vez em quando, ela precisava relembrá-lo de que ele não era o único responsável por curar ou evitar todos os problemas de saúde no mundo.

Recentemente, ele sorrira e rira mais do que ela imaginara ser possível. Ela adorava cada sorriso malicioso e gargalhada divertida que saíam da boca de Zane, pois achava que ele se levava a sério demais.

Com as sessões de terapia, não só Ellie começava a se recuperar da prisão traumática, apesar de haver algumas coisas que talvez nunca desaparecessem, mas também começava a se ver de forma diferente. Ela não se via mais como uma mulher que não era interessante nem atraente. Ela agora se via como uma mulher que tentava ser melhor, ser o que deveria ter sido antes de ser sequestrada.

Com a permissão de Zane, ela montara uma oficina no porão da casa dele, usando a cozinha que havia lá e que ele nunca usara. Lentamente, seu negócio na internet crescia e Ellie estudava e fazia experiências sempre que podia. Seus produtos começavam a ficar famosos e, subitamente, todos queriam experimentar algumas de suas fragrâncias de aromaterapia.

Nos fins de semana, Zane a levava a algum lugar aonde ela nunca fora, fazendo com que explorasse o mundo fora de Rocky Springs e até mesmo de Denver. Apesar de sempre ter adorado a bela cidade natal nas montanhas, ela amava o fato de Zane surpreendê-la com um novo destino em cada fim de semana.

No fim de semana anterior, ele a tinha levado para a Califórnia para que visse o Oceano Pacífico. Durante dois dias, eles brincaram na praia como crianças.

As noites pertenciam a eles. Zane tinha a missão de descobrir de quantas formas conseguia dar prazer ao corpo dela. No fim das contas, ele *realmente* tinha fantasias muito sensuais com ela. Ellie gritava de prazer quando cada uma delas se tornava realidade.

Ellie chegara à meta de ganho de peso e tentava se exercitar o máximo possível. Zane tinha uma piscina interna na mansão de Denver, como tinha na casa de Rocky Springs. Ela tentava nadar todas as noites, além de usar a esteira com frequência. Até aquele momento, seu peso permanecera estável. Mas, se fosse sincera, os exercícios com Zane na cama todas as noites provavelmente eram o motivo de não engordar. Ele a levara a praticamente todos os restaurantes de que gostava na área e todos eram simplesmente fantásticos.

A única reclamação dela era que Zane não permitia que ela saldasse a dívida antiga que tinha com ele. Ele se recusava a deixá-la pagar qualquer coisa nem aceitava qualquer parte do salário dela como assistente para pagar por tudo que fizera por ela no passado. Na verdade, ele se recusava até mesmo a admitir que ela lhe devia alguma coisa.

Era a única coisa pela qual brigavam de verdade.

Diferentemente de alguns casais, o controle remoto nunca era um problema. Ellie adorava assistir aos canais de ciência com ele e Zane se tornara quase tão viciado nos programas sobre crime quanto ela sempre fora. Eles raramente perdiam um episódio de *Supernatural*. Mas, quando perdiam, rapidamente o assistiam no canal sob demanda. Eles pareciam ter o mesmo gosto peculiar sobre os programas e filmes a que assistiam.

Naquela noite, ela o deixara assistindo a um documentário na televisão e fora para a oficina embalar alguns produtos. Ellie queria garantir que seus pedidos fossem enviados rapidamente.

— Senti sua falta — disse Zane com voz rouca atrás dela. Ela o ouvira descendo a escada, mas não esperara sentir subitamente o corpo quente contra suas costas. Ela deu um salto, quase deixando cair as velas que embalava.

Ele estendeu a mão e pegou a caixa com agilidade, colocando-a de volta sobre o balcão.

Com o coração ainda batendo depressa, Ellie se virou nos braços dele. — Você me assustou — disse ela ao passar os braços em volta do pescoço dele.

— Não foi intencional — disse ele com remorso.

— Eu sei. O problema não é você. Acho que ainda tenho algumas reações involuntárias que não consigo controlar. — Ellie odiava quando, algumas vezes, o cérebro racional não se conectava ao corpo.

Zane pegou a mão dela e levou-a até um sofá na área ao lado da cozinha. Ele se sentou no meio do sofá e puxou-a para o colo. — Quer conversar sobre isso?

Não! Não, não quero.

Sempre que chegava um momento de discutir as experiências dela durante os meses horríveis em cativeiro, ela preferia fingir que nada acontecera. Natalie nunca a deixava evitar o assunto por muito tempo e algumas das sessões eram brutalmente difíceis, mas Zane nunca a pressionara.

Ela balançou a cabeça negativamente, mas respondeu: — Não sei. Algumas vezes, acho que superei tudo aquilo. Mas, de vez em quando, sinto que as cicatrizes dentro de mim ainda não estão completamente curadas. Nem sei se algum dia conseguirei encerrar totalmente esse assunto porque ele está morto. E morreu enquanto eu ainda estava presa na cabana.

— O imbecil escolheu a saída mais covarde. Você nunca o verá no tribunal e nunca o verá pagar pelo que fez — retrucou Zane furioso.

Ela assentiu. — Exatamente. É como se ele nunca tivesse existido. É estranho porque fiquei aliviada ao saber que ele estava morto. Mas também fiquei com raiva.

— Não é estranho, querida. Acho que é natural se sentir assim. Ellie suspirou, sabendo que nunca se sentiria tão próxima a alguém como com o homem que a reconfortava naquele momento. Ela não queria afastá-lo, da mesma forma que não gostaria que ele fizesse isso se tivesse passado por algo traumático. — Nem sei por onde começar.

— Por onde quiser — retrucou Zane gentilmente. — Conte-me as coisas que mais a assombram.

— O fato de não ter conseguido fugir com o *notebook* dele no dia em que aconteceu. Penso no que eu poderia ter feito de diferente. Talvez eu devesse ter saído do escritório mais depressa. Talvez eu não tenha lutado o suficiente porque tinha a esperança de conseguir convencê-lo a me deixar ir embora. Talvez eu não devesse ter corrido. Poderia ter fingido que não sabia de nada até ter a oportunidade de roubar o computador dele. Há tantas coisas que eu poderia ter feito de forma diferente que talvez tivessem evitado muita dor para mim e para Chloe.

De forma distraída, Zane passou a mão pelos cabelos dela ao responder: — Você fez o melhor que podia naquelas circunstâncias. Qualquer uma dessas alternativas poderia não ter dado certo.

— Possivelmente — concordou ela. — Mas nunca saberei. Não houve oportunidade de escapar depois disso. Acho que fiquei inconsciente durante a maior parte do percurso até a cabana e, por causa disso, não fazia ideia de onde eu estava. Foi desorientador e, antes que minha cabeça clareasse, ele me acorrentou.

— Com que frequência ele ia até a cabana? Ele ia embora logo em seguida?

Ellie queria que ele a tivesse deixado sozinha. — Não. Ele ficou naquela noite, usando cada minuto para tentar me assustar até que eu cedesse. Sempre que eu dizia alguma coisa, ele me batia. Foi uma noite muito longa.

Ela sentiu o corpo de Zane ficar tenso sob o seu quando ele perguntou: — Ele tirou sua roupa ou você mesma fez isso?

— Ele usou uma faca para cortar tudo o que eu estava vestindo. Uma tática de medo que deu certo. Fiquei com medo de que ele fosse me estuprar, matar ou ambos. — Ela respirou fundo antes de acrescentar: — Ele tirou minhas roupas naquela primeira noite. Quando ele foi embora na manhã seguinte, eu estava em pedaços.

— Caralho! Eu queria ter suspeitado dele antes quando podia ter mandado alguém segui-lo. Quando voltei para Rocky Springs convencido de que era James, foi tarde demais.

— Você não tinha como saber. — Ellie acariciou a bochecha e o maxilar dele. — Eu tive sorte de você ser um gênio ou poderia estar morta.

— Por que ele não deixou mais comida e água? Só deixou o suficiente para você mal permanecer viva.

Ellie deu de ombros. — Acho que ele queria me manter fraca e pouco mais que viva. Ele também adorava quando eu implorava por mais comida e água. Tentei não fazer isso, mas, enquanto estava pouco alerta, fazia. Eu estava sempre com sede, sempre com fome.

— Ele era um filho da puta sádico — resmungou Zane.

— Muito sádico — respondeu Ellie em tom triste — E, quando implorava, eu lhe dava exatamente o que ele queria.

— Não faça isso — disse ele. — Não se culpe. Todas as vezes em que ele a machucou, foi porque estava morrendo de medo por Chloe tê-lo deixado para trabalhar para Gabe. Walker a tirou de uma situação muito ruim.

— Graças a Deus — retrucou Ellie, parecendo aliviada. — James nunca me disse isso. Só ficava dizendo que os dois se casariam em breve. Eu me senti muito impotente por não poder fazer nada para salvá-la.

— Você estava preocupada com ela e Chloe estava louca tentando encontrá-la. Nunca vi Chloe tão desesperada como quando você desapareceu. Por algum tempo, achei que ela estava em negação, acreditando que conseguiria encontrar você. Quando não conseguiu, isso a destruiu — confidenciou Zane.

— Mas nós duas estamos felizes agora — observou Ellie. — Não vou deixar que um homem mau morto destrua minha vida nem a de Chloe.

Zane a abraçou com força e Ellie encostou a cabeça no ombro dele. Ele a embalou com ternura ao dizer: — Eu sei que não vai. Nossa, você é a mulher mais corajosa que conheci. E conseguiu aguentar até que eu a encontrasse.

Ellie sorriu contra o tecido macio da camiseta dele. — Acho que passei a vida inteira esperando que você me encontrasse, de uma forma ou de outra.

— Não mais — retrucou Zane. — Nunca mais. Nunca mais deixarei que espere qualquer coisa de novo.

— Mmm... E ontem à noite? Lembro-me claramente de você ter me feito esperar. — Na verdade, ele a provocara até que estivesse completamente louca, precisando gozar.

Zane riu. — Foi uma situação totalmente diferente. Naquele caso em particular, eu ia fazer a espera valer a pena. Valeu?

Ellie estremeceu ao se lembrar da forma como seu corpo explodira quando Zane finalmente parara de provocá-la e dera o que precisava. — Valeu a pena, mas foi completamente injusto — repreendeu ela em uma voz falsamente petulante. — Acho que é minha vez de fazer *você* esperar.

Ele a puxou gentilmente para trás pelos cabelos para que conseguisse ver seu rosto.

— Querida, eu esperaria para sempre se fosse preciso.

A sinceridade dele lançou uma onda de ternura no coração dela. Ele alegava não ser romântico, mas aquelas palavras diretas a emocionaram de uma forma que nunca acontecera. Ela passou a língua pelos lábios secos ao encarar os olhos cinzentos sinceros. Cada palavra, cada comentário dele tinha sido sincero. O corpo dela clamava para que ela aceitasse aquele homem para a vida inteira.

Zane era especial. E era dela.

— Preciso embalar meus pedidos — disse ela com voz fraca.

— Vim aqui para ajudar você — comentou ele. — Mas também acabei de receber algumas fotografias de Chloe.

Ficando de joelhos ao lado dele, ela começou a apalpá-lo em busca do celular. — Quero ver — insistiu ela empolgada, passando a mão nos bolsos da frente da calça dele, procurando o telefone.

Ele deteve os dedos dela, agarrando seu pulso. — Jesus, mulher. Se não parar com isso, vai encontrar mais do que está procurando — disse ele com a voz rouca.

— Ou talvez eu encontre exatamente o que quero — retrucou ela em tom sedutor.

— Quanto tempo precisamos para embalar aqueles itens? — perguntou Zane desesperadamente. — Muito pouco, mas posso ver Chloe? — Ellie adorava ver as fotografias de sua melhor amiga. De vez em quando, Chloe enviava um vídeo e parecia muito feliz. — Onde ela está?

Zane tirou o celular do bolso. — Eles estão nas Bahamas. É a última parada deles. No próximo fim de semana, poderemos ir para casa. Ela já estará de volta à casa de Gabe. Desculpe não ter avisado você mais cedo. Gabe disse que estão com saudades de casa e prontos para voltarem para o rancho.

Ele abriu a mensagem mais recente de Chloe que tinha uma fotografia. Ellie abriu um sorriso largo ao ver a amiga com Gabe, um homem que Ellie não conhecia bem. Ela o encontrara algumas vezes, mas, sempre que via uma fotografia de Gabe com Chloe, gostava dele ainda mais. Estava claro que Gabe fazia Chloe feliz e, só por isso, Ellie já o adorava.

Os dois sorriam para a câmera, erguendo as bebidas como se estivessem fazendo um brinde para o mundo. Os lábios de Chloe mostravam um sorriso largo e sincero que fazia com que seus olhos brilhassem de alegria. Gabe estava com o braço sobre os ombros dela, sorrindo como se não tivesse preocupação alguma na vida.

Ellie passou o dedo de leve sobre o contorno do casal. — Dá para ver como eles se amam muito.

— É ainda mais óbvio pessoalmente, acredite — comentou Zane em tom divertido.

— Não acredito que finalmente vou vê-la de novo. Parece que faz uma vida inteira. Tanta coisa aconteceu.

— Ei, você não está nervosa, está? — Zane inclinou o queixo dela para ver seu rosto.

— Um pouco. Não quero estragar a felicidade dela agora.

— Meu Deus, Ellie. Isso não vai acontecer. Você não sabe o quanto ela a ama? Ver você colocará a última peça do quebra-cabeça no lugar de novo. Deixará Chloe completa. Ela sente tanto a sua falta. Está de luto, mesmo com você ainda viva. Se alguém deveria ter medo, seria eu. Ela vai me matar por não ter contado a verdade. Gabe provavelmente também terá problemas por causa disso.

— Ele sabe? — perguntou Ellie curiosa.

— Blake é o melhor amigo dele. Não tenho dúvidas de que ele sabe, mas deve ter decidido não dizer nada. Chloe me pergunta sobre você todos os dias. Fico feliz por ela estar voltando para casa. Odeio ter que desviar do assunto e fingir que aceitei o fato de que você não voltará. Porra, detesto mentir para ela.

Só a ideia de ver Chloe novamente depois de tanto tempo deixou os olhos de Ellie cheios de lágrimas. — Já vou deixar avisado que vou chorar, mas serão lágrimas de felicidade.

— Eu sabia que você choraria — disse Zane em tom infeliz. — Mas não faça isso agora. Temos planos — comentou ele maliciosamente, tirando o celular da mão dela ao se levantar e ajudando-a a ficar de pé.

— Sim, preciso embalar meus produtos. — Ela se virou para voltar para a oficina.

Zane a segurou pela cintura antes que ela fosse muito longe. Em seguida, pegou-a no colo e jogou-a sobre o ombro. — Farei isso amanhã de manhã.

Ellie se viu de cabeça para baixo, em uma posição nada digna, sobre o ombro dele.

— Coloque-me no chão. Você terá que subir a escada — gritou ela divertida e com um pouco de medo de que ele se machucasse.

Ele subiu a escada correndo sem esforço algum, ignorando as tentativas vãs dela de bater em suas costas para que a soltasse.

Ellie desistiu de lutar quando chegaram ao quarto. Seu corpo já sentia falta do toque dele.

Mantendo a palavra, Zane acordou cedo e embalou os pedidos dela, colocando-os na área de carga do veículo para despachá-los antes de ir para o trabalho.

Ellie não ficou surpresa. Ela aprendera que Zane nunca dizia algo sem motivo. Para um cara que se dizia nada romântico, ele era muito atencioso. Para Ellie, o fato de ele pensar nas necessidades dela era algo incrível. E as ações de Zane eram a coisa mais romântica que ela poderia imaginar.

Capítulo 13

A primavera chegara às montanhas do Colorado, o que, na realidade, significava que uma pessoa nunca sabia se precisaria de um casaco ou de uma bermuda.

Naquele dia em particular em Rocky Springs, Gabe Walker vestia uma camiseta e uma calça *jeans*. A esposa veterinária se vestia de forma similar, sentada ao lado dele enquanto observavam a água em um riachinho que corria pela propriedade dele por entre as rochas.

— É tão bom estar de volta — disse Chloe. — A viagem foi incrível, mas senti saudades da minha família e da nossa casa.

Gabe tinha certeza de que ela também sentira saudades dos cavalos, mas não disse nada. Ele tinha coisas demais na cabeça e estava com muito medo de colocar uma parede entre si mesmo e a mulher que amava mais do que qualquer outra pessoa ou outra coisa no mundo.

Chloe superara a maior parte da dor emocional causada por James, mas as feridas eram profundas e a última coisa de que Gabe precisava era reabri-las.

Talvez eu devesse ter contado a ela.

Ele considerara a ideia, mas, por vários motivos, não dissera nada. Ele contara a ela que James tinha se suicidado um tempo antes, sabendo que estava forte o suficiente para lidar com a notícia. Mas ele não contara a outra coisa que sabia que significava tudo para Chloe: que a melhor amiga dela estava viva e em recuperação.

— Chloe, tenho uma coisa para lhe contar. E espero que me escute — começou ele em tom hesitante.

Ela virou a cabeça e olhou para ele com expressão preocupada. — Está tudo bem com você?

— Sim, tudo bem. De verdade. Mas tenho uma notícia para lhe dar.

Ele observou quando a expressão preocupada dela ficou sombria. — É sobre Ellie?

Gabe engoliu em seco e assentiu.

— Encontraram o corpo dela?

O pesar na voz da esposa quase o matou. — Sim e não. — Puta merda, ele não podia continuar a deixar as coisas piores. Precisava só contar a verdade e parar de deixar a esposa ansiosa. — Chloe, ela está viva. Zane a encontrou.

— Ai, meu Deus! Ela está bem? Onde ela está? — Chloe saltou do chão como se o traseiro estivesse em chamas. — Preciso vê-la, Gabe.

Ele a segurou pelos ombros para impedi-la de correr de volta até a égua e galopar para encontrar a amiga. Eles tinham cavalgado até ali e ele deliberadamente parara para que estivesse completamente sozinho com ela para dar a notícia.

— Escute bem, querida. Ela está bem. Está com Zane. Eles só chegarão aqui à tarde. Estão vindo de avião de Denver.

Chloe franziu a testa para Gabe. — Onde ela esteve esse tempo todo?

Foi uma das perguntas mais difíceis que Gabe teve que responder na vida. — Ela foi sequestrada por James e mantida prisioneira em uma cabana de caça remota. Chloe, ela estava muito mal quando Zane a encontrou. Se ele tivesse demorado mais um dia, receio que ela não teria aguentado.

— Mas James está morto há meses — murmurou Chloe irritada.

— Zane a encontrou logo depois que nós partimos — confessou Gabe.

A expressão dela se encheu de mágoa. — Ele não me disse nada. Na verdade, ele mentiu para mim.

— Eu sei. Todos nós mentimos. Blake me contou quando ela foi encontrada, mas eu sabia que você precisava de tempo para se curar. Além do mais, Ellie não queria que você soubesse.

— Por quê? — perguntou Chloe com os olhos cheios de lágrimas. — Ela é minha melhor amiga.

Ele assentiu. — Foi por isso que ela não queria que você soubesse. Ela estava muito mal e não queria que você se culpasse pelo que aconteceu.

Chloe afastou as mãos de Gabe. — É assim que Ellie é. Preocupada com todos, menos consigo mesma. Mas vocês todos sabiam. Qualquer outra pessoa poderia ter dito alguma coisa. Meu Deus, ela precisava de mim. Depois de tantos meses desaparecida, ela deve ter precisado de ajuda.

— Zane cuidou dela, Chloe. Ela não precisava de nada.

— Não importa. Alguém deveria ter me contato. Meu Deus, você me deixou acreditar que ela estava morta! Como pôde? Você sabe o quanto eu estava sofrendo com a perda dela?

— Eu sei. Mas também não queria que você se culpasse.

Chloe se virou de costas e apoiou-se em uma árvore próxima — É claro que eu me culpo. Eu consegui o emprego dela com James. Eu a joguei diretamente na teia maligna dele. — Ela respirou fundo e acrescentou em tom mais calmo: — Conte-me a história toda.

Enquanto olhava para as costas da esposa, Gabe explicou tudo o que sabia sobre o que acontecera com Ellie. Ele sabia que Chloe estava escutando atentamente, mas ela não disse nada.

Quando ele finalmente terminou de contar todos os detalhes que sabia, ela se virou para encará-lo. A expressão dela estava cheia de mágoa e traição. — Então vocês todos decidiram que a pobre Chloe não era forte o suficiente para lidar com a verdade.

— Sim, nós todos achamos melhor não estressar você, querida.

— O que acharam que aconteceria? Acharam que eu desmoronaria? Isso não ia acontecer. Eu teria ficado feliz, caralho.

– Nós sabíamos disso. Mas você passou por uma situação infernal. Eu não queria que se culpasse pela condição de Ellie. Ela também não queria isso.

— Você é meu marido, Gabe. Confio em você mais do que em qualquer outra pessoa na Terra.

— Acha que não sei disso? Acha que foi fácil para mim manter esse segredo? Sim, fiz isso para que você tivesse tempo para se curar, mas também porque Ellie queria assim. Ela não queria que você voltasse apressada para Rocky Springs para cuidar dela quando tinha as próprias feridas para curar.

Chloe correu a mão pelo rosto com expressão horrorizada. — Ai, meu Deus. Ela viu aqueles vídeos horríveis.

— Não importa. Ela é sua melhor amiga e percebeu que você não sabia que eles existiam. — Poucas pessoas tinham visto os vídeos de Chloe e Gabe fora uma delas. Ele afastou a raiva que tinha por um homem morto e que o invadiu novamente, tentando se concentrar apenas em Chloe.

— Tudo isso aconteceu com Ellie porque ela estava tentando me ajudar. Como vou viver com isso? E como vou perdoar todos vocês por não terem me contado que ela estava viva? — A voz de Chloe era desesperada. Gabe deu um passo à frente, mas Chloe se afastou dele, o que o magoou mais do qualquer coisa teria magoado. — Você terá que me perdoar, querida. E terá que perdoar a sua família. Todos nós sabíamos que você era forte o suficiente para lidar com a verdade, mas ainda estava tentando entender as coisas. *Você* precisava ser a sua prioridade... e não vou pedir desculpas por colocar suas necessidades em primeiro lugar. Você precisava sair de Rocky Springs, da mesma forma como Ellie precisava se afastar daqui por algum tempo. — O coração dele batia com força no peito quando ele acrescentou: — Não sou eu mesmo sem você, Chloe. Terá que me perdoar porque não consigo mais ficar sem você.

— Odeio o fato de que não consigo odiar você — disse ela furiosa.

Gabe teve vontade de rir do comentário dela, mas não teve coragem. — Encare, querida. Se você tivesse que tomar a mesma decisão, teria feito exatamente o que eu fiz. Pensaria em me proteger se eu estivesse vulnerável.

Ela o encarou pensativa por um momento. — Sinceramente, não sei o que eu faria. Mas sei que me mataria por dentro mentir para você.

— Tecnicamente, eu não menti. Só não contei a verdade. — Era um argumento idiota, mas ele estava desesperado o suficiente para tentar qualquer coisa.

Chloe colocou as mãos na cintura e encarou-o com irritação. — Neste caso, não vejo muita diferença.

Gabe soltou o ar, frustrado. — Eu não queria fazer isso, Chloe. Mas, se tivesse que fazer de novo, eu faria. Sim, eu estava protegendo você. Eu amo você mais do que qualquer outra pessoa ou outra coisa no mundo. Não há muita coisa que eu não faria para vê-la feliz como esteve nos últimos meses.

Uma lágrima correu pelo rosto de Chloe. E aquela gota minúscula foi o que bastou para partir o coração de Gabe.

— Não acredito que ela esteja viva — disse Chloe em tom hesitante, com as lágrimas começando a escorrer mais depressa.

Gabe sentiu o telefone vibrar e tirou-o do bolso. — Não só ela está viva, como está de volta aqui em Rocky Springs. Zane disse que eles acabaram de pousar e estão indo para a casa dele.

Chloe começou a chorar de verdade, com soluços dolorosos saindo do fundo da alma.

Gabe abriu os braços, prendendo a respiração quando ela hesitou por uma fração de segundo. Em seguida, ela avançou correndo e jogou-se nos braços dele. Ele a segurou e embalou-a contra o próprio corpo, sabendo que ela a perdoara e que tudo ficaria bem. Ao abraçá-la com força, sabendo que ela significava tudo para ele, Gabe jurou para si mesmo nunca mais arriscar perdê-la, não importasse o quanto fosse difícil. Ele era um livro aberto para Chloe. Ela o conhecia, sabia de todos os seus segredos. Daquele dia em diante, agora que ela estava mais forte, Gabe jurou nunca mais guardar nenhum segredo.

Zane estava apreensivo ao entrar na garagem de sua casa em Rocky Springs. Gabe já sabia que estavam lá e, sem dúvida, Zane veria a irmã e seu marido nas horas seguintes. Gabe avisara que ele e Chloe estavam voltando para casa para tomar um banho e combinaram se encontrar no começo da noite. Ora, ele já fora avisado que Ellie choraria e, por algum motivo, não gostava de vê-la triste. Ok. Sim. Talvez fossem lágrimas de felicidade, mas Ellie e Chloe acabariam desenterrando parte da dor ao conversarem sobre tudo o que acontecera.

Ele respirou fundo ao desligar o motor do carro e fechar a porta da garagem. Fora um dia estranho. Primeiro, Elena desaparecera. Sean telefonara para ele, acusando Zane de ser de alguma forma responsável pela ausência dela. A conversa não fizera muito sentido, mas Zane se livrara dele, pois sabia como seu diretor era ligado a Elena, apesar de ela não merecer.

Zane tentara explicar que provavelmente Elena voltaria, mas Sean não quisera ouvir. Sinceramente, o cara parecera desesperado.

Provavelmente, ela encontrou um homem mais rico que Sean.

Zane pagava muito bem um homem na posição de Sean. Infelizmente, ele sabia que o diretor cobria Elena com luxos, alguns incrivelmente caros. Acompanhar as exigências de uma mulher como ela acabaria deixando o pobre coitado quebrado.

Tentando afastar a estranha conversa com Sean da mente, Zane sorriu para Ellie quando ela o encontrou na porta.

Ela retribuiu com um sorriso leve.

Ela está nervosa.

Zane destrancou a porta e conduziu-a para dentro.

Ele olhou para a cozinha imaculada e, em seguida, espiou a sala de estar.

— Meu Deus! A casa está maravilhosa. O que você fez? — perguntou Ellie em tom ligeiramente maravilhado.

Ellie organizara muitas coisas antes de sair da casa, mas o lugar não estivera tão limpo nem tão convidativo. Zane tinha a sensação de que Ellie não quisera se intrometer nem colocar nada de si em nenhuma das casas dele. Portanto, ele mesmo fizera aquilo.

Como solicitado, havia vários arranjos de flores frescas pela casa, algo que Zane pedira especificamente para receber Ellie. Os suprimentos do trabalho de aromaterapia dela tinham sido duplicados e estava tudo guardado de forma organizada na despensa. Não havia um fiapo nem poeira no chão. A decoradora que ele contratara mudara o espaço no térreo para algo mais leve e claro. Era uma aparência contemporânea que combinava com Ellie, muito diferente da decoração pesada anterior.

Sinceramente, Zane preferiu a nova aparência. Quando construíra a casa, ele não dissera muito sobre como queria o interior. Estivera mais interessado na disposição das peças e em ter todas as amenidades que desejava. Ele dissera à primeira decoradora para deixar as coisas funcionais e ela fizera exatamente isso. A mulher usara móveis pesados e caros, e decorações que provavelmente supusera que um homem rico desejaria.

— Ai, meu Deus. O que foi que você *fez*? — repetiu Ellie maravilhada ao girar o corpo, como se estivesse tentando absorver os novos arredores.

Zane observou quando ela espiou a sala da família, arregalando os olhos. — Minhas fotografias estão aqui — disse ela confusa. — E alguns dos meus travesseiros velhos.

Zane já sabia disso. Ele pedira à decoradora para incorporar alguns pertences de Ellie do apartamento onde ela morara antes que o restante fosse guardado. Obviamente, ela encontrara algumas coisas que tinham dado certo.

Como Ellie não se afastara da porta para a sala da família, Zane pegou a mão dela, levando-a além da cozinha até a sala de estar. — O que acha?

Ela abriu a boca, mas fechou-a novamente quando seus olhos brilharam ao olhar para uma coleção de fotografias sobre o sofá. — Somos nós — disse ela baixinho, andando até as fotografias.

Zane deixou que ela o puxasse e assentiu, feliz de ver como a coleção na parede ficara bonita. Todas as fotografias tinham belas molduras e estavam dispostas em um padrão que parecia natural.

— Eu sei — respondeu ele finalmente. — Juntei todas as fotografias que tirei e pedi que fossem colocadas na parede.

Ela se virou para ele com expressão perplexa. — Por quê?

Ele deu de ombros. — Porque você estava sempre muito preocupada de não ter uma casa de verdade. Eu queria que as minhas casas também fossem suas. Nossas casas. Eu queria ver nossas coisas misturadas, saber que não estava morando aqui sozinho. Nós moramos aqui juntos. — Ele respirou fundo antes de fazer a pergunta que lhe dava medo. — Não gostou?

— Adorei — respondeu ela com voz trêmula. — Isso nos deixa realmente... ligados aqui.

Era exatamente o que Zane queria. Queria que os dois estivessem tão ligados que Ellie nunca desejaria ir embora. — Eu sei. Gosto assim. Eu disse a você que não era um caso rápido para mim, Ellie. Quero que fique nas nossas casas. Quero sentir o seu perfume em todos os lugares. Quero ver as suas coisas perto das minhas. Ora, quero amarrar você na nossa cama para que nunca vá embora.

Ela se virou para encará-lo, com os olhos azuis brilhando e cheios de lágrimas. — Também quero isso. Só não consigo acreditar que tenha feito isso tudo por mim. — Foi em parte para mim também — admitiu ele. — Sou um idiota egoísta que quer garantir que você tenha todos os motivos para considerar esta casa como sua tanto quanto é minha. Quero que você fique aqui.

Com um soluço emocionado, Ellie se jogou nos braços dele. Zane a segurou feliz.

— Não consigo acreditar que você ficou preocupado por um minuto sequer de eu querer ir embora — disse ela, parecendo atônita. — Pode me amarrar na sua cama. Ficarei lá, feliz.

— Eu não estava brincando — disse Zane com voz rouca. — Mas eu nunca literalmente amarraria você, Ellie. Não depois do que aconteceu com você.

Jesus! Ele tinha fantasias sexuais de ter Ellie exatamente onde queria, mas eram fantasias que nunca realizaria. Seus malditos instintos primitivos de homem das cavernas, que queriam conquistá-la e mantê-la, podiam ir para o inferno.

Sexualmente, Ellie estava disposta a tentar praticamente tudo. Na verdade, ela sentia um desejo por ele que o deixava louco. E a mulher era aventureira quando se tratava de tentar novas formas de enlouquecerem um ao outro no quarto. Mas ele se recusava a amarrá-la.

— Zane — sussurrou ela perto do ouvido dele. — Eu confio em você. Se a ideia o deixa excitado, eu também ficarei excitada. Eu garanto.

— Não — respondeu ele simplesmente, segurando-a firmemente pela cintura e encarando-a com expressão teimosa.

Ela abriu um sorriso sedutor. — Achei que você gostava de realizar suas fantasias sexuais.

— Gosto. Mas não essa. — Ele deu um suspiro. — Pare de me olhar assim.

— Assim como? — perguntou ela em tom inocente.

Droga! Ela estava longe de ser inocente desde que ele fora incapaz de manter as mãos afastadas ao possuí-la pela primeira vez. Aquele olhar carnal dela funcionava todas as vezes.

Capítulo 14

Ellie pegou a mão dele e levou-o determinadamente para o quarto. O que Zane fizera para que ela sentisse que a casa dele também era dela a deixara emocionada de uma forma que nunca sentira antes.

Ela se recusava a continuar sendo uma mulher com obstáculos. Tudo o que ele fizera com ela, sexualmente falando, resultara em orgasmos. Não havia motivo para que ele acreditasse que ela não aceitaria seus jogos porque fora mantida prisioneira por um monstro.

Aquele era Zane.

Aquele era um homem que se importava com ela. Aquele era o homem... que ela amava.

Pronto! Ela admitira. Ela o amava. Ellie não sabia dizer exatamente quando a atração que sentira na adolescência se transformara em um amor tão profundo. Mas ela tinha quase certeza de que não demorara muito. Ela confiava nele cegamente, seu amor era infinito. Agora, ela queria provar esse amor dando a ele controle total de seu corpo e de seu coração.

Como não parecia conseguir confessar com palavras, ela pretendia *mostrar* a ele.

— Ellie, não importa o quanto possa ser excitante, não posso fazer isso — resmungou Zane ao parar ao lado dela no quarto.

— Por quê? — Ela agarrou a bainha da camiseta que vestia e puxou-a sobre a cabeça.

O sutiã foi o próximo a ser retirado enquanto Zane permanecia mudo, mas ela percebeu os olhos dele acariciando-a. Ela tirou a calça *jeans* e a calcinha, sem sentir um mínimo de timidez ao parar em frente a ele completamente nua. Ela perdera a timidez com ele semanas antes. Ele sabia exatamente como era seu corpo. Cada cicatriz. Cada imperfeição. E parecia amá-lo exatamente da forma como era.

Ela andou até o armário e pegou uma gravata azul e creme que nunca o vira usar. Em seguida, levou-a até ele e estendeu-a. — Faça. Eu sei que quer. — Zane gostava de estar no controle e ela não tinha problema algum com isso. Foi incrível observá-lo no momento em que ele cedeu.

Ela subiu na cama e levantou os braços, agarrando as duas colunas de madeira da cabeceira.

— Ellie — disse ele perigosamente, começando a tirar a roupa de forma lenta e metódica. Porém, ela percebeu que ele estava excitado.

— Nunca vou ter medo de nada que você faça comigo. — De fato, o corpo dela já clamava para que o tocasse quando ele lentamente revelou o corpo forte.

O olhar dela passeou pelo peito musculoso até o pênis ereto quando ele chutou a calça e a cueca de lado, ficando completamente nu.

Ele não parou de observar a posição provocante dela, com a expressão ficando cada vez mais sombria, ao subir na cama. Ele jogara a gravata ao lado dela, mas pegou-a novamente ao se aproximar.

— Você está excitado — murmurou ela.

— Jesus, Ell! Com você, não precisa de muita coisa. Só o que preciso fazer é pensar em você e meu pau fica duro — retrucou ele. — Não preciso amarrar você na minha cama.

— Mas quero que faça isso — disse ela em tom encorajador. — Sei o que é ser confinada por um filho da puta. Prefiro uma lembrança melhor que isso.

A expressão dele estava enigmática quando ele pareceu pensar no que ela dissera. Eles se encararam, com Ellie tentando comunicar silenciosamente o que sentia.

Subitamente, ele se posicionou sobre ela. Rapidamente, ele pegou a gravata e amarrou as mãos dela, prendendo as pontas na cabeceira da cama. — Uma ponta de medo, um gesto estranho e eu solto você — disse ele com voz rouca. O olhar dele passeou com desejo pelo rosto de Ellie quando ele prendeu as mãos dela sobre a cabeça.

— Não estou com medo, Zane. Estou excitada. — Havia algo libertador no fato de ela não ter que tomar decisões naquele momento. Ela estava à merce de Zane e queria que ele a satisfizesse.

Ele se inclinou para a frente, apoiando-se nas mãos, ao sussurrar no ouvido dela: — Ficará muito mais daqui a pouco — avisou ele.

— Não me provoque — pediu ela.

Ele abaixou a cabeça e beijou-a, impedindo-a de falar mais alguma coisa. O abraço dominador alimentou o fogo que já queimava dentro dela.

Ela puxou as mãos, querendo automaticamente passar os braços em volta do pescoço dele.

Quando ele passou a língua em seu pescoço e nos seios, Ellie já estava meio louca. — Por favor — implorou ela. — Trepe comigo.

Ele afastou a boca da pele dela o suficiente para confessar: — Adoro quando fala assim comigo. Adoro quando está tão desesperada que só consegue pensar em mim dentro de você.

— Estou mais do que desesperada — gemeu ela, enrolando os dedos na gravata e puxando com tanta força que o tecido nunca mais seria o mesmo.

Ele lambeu e mordeu de leve os seios dela, passando de um para o outro. Ellie se contorceu sob o toque dele, precisando senti-lo por completo.

Estremecendo quando ele continuou descendo pela sua barriga, ela ergueu os quadris, sem conseguir dizer o que queria.

Quando ela estava prestes a gritar de frustração, Zane recuou, abriu suas pernas e posicionou-se entre elas. — Diga que me quer, Ellie. Diga — exigiu ele.

A boca de Zane estava tão perto da boceta de Ellie que ela sentiu o hálito quente.

— Eu preciso de você. Por favor, Zane. — Do que você precisa?

— Preciso que me faça gozar. Agora — insistiu Ellie. Ela estava desesperada para agarrar os cabelos dele e puxar sua cabeça entre as pernas, mas não podia. Ela estremeceu quando finalmente sentiu o toque leve da boca de Zane, com a língua passando gentilmente entre suas dobras. Puxando as pernas dela para cima, ele a lambeu do ânus até o clitóris, saboreando cada milímetro até chegar ao minúsculo conjunto de nervos que pulsava de forma quase dolorosa.

A boca de Zane a devorou, com a língua explorando a boceta de forma torturante. Ela gemeu quando a pressão sobre o clitóris ficou cada vez mais forte. — Isso. Isso, por favor. *Mais* — pediu ela desesperadamente em uma voz que mal reconheceu como sendo sua.

Quando estava prestes a gozar, ele enfiou dois dedos em sua boceta, preenchendo-a, entrando e saindo furiosamente no mesmo ritmo louco da língua.

Ela sentiu as entranhas se contorcerem e o prazer fluiu por todo seu corpo, centralizado no prazer carnal e furioso que recebia de Zane a cada onda de pulsação erótica que a invadia.

O orgasmo de Ellie atingiu seu corpo de forma explosiva e incontrolável. — Zane! — Ela gritou o nome dele ao mesmo tempo em que agarrou a gravata que a prendia à cama.

Ele prolongou o êxtase dela o máximo que conseguiu, sem diminuir a vontade de lamber seus fluidos como um homem que não bebera nada durante dias.

As coxas e a boceta de Ellie ainda estremeciam quando Zane se afastou, encontrando os olhos dela. — Jesus, Ellie! Você parece tão... — Ele pareceu estar procurando a palavra certa. — *Minha* — concluiu ele em tom feroz.

Ela ofegou, tentando recuperar o fôlego. — Então pegue o que é seu — gaguejou ela, desesperada para senti-lo dentro de si. — Por favor.

O rosto dele registrou uma expressão feroz e possessiva. Ele estendeu os braços, soltou as mãos dela e virou-a de bruços para que ficasse de quatro. Surpresa, Ellie fez o que Zane queria, sabendo que ele a possuiria da forma mais primitiva possível. Ele nunca fizera aquilo antes, pois geralmente preferia que ficassem frente a frente ao treparem, querendo vê-la gozar.

O tapa em suas nádegas foi firme e ela teve um sobressalto quando ele disse: — Nunca me pressione tão longe, Ellie, se não, é isso que terá. — Ele bateu em seu traseiro mais algumas vezes e, em seguida, passou a mão sobre a pele ardente. A outra mão estava entre suas coxas, acariciando a boceta depois de cada tapa erótico.

Ela gemeu quando ele finalmente a penetrou por trás, enterrando o pênis até o fundo. A sensação foi tão erótica que ela não conseguia parar de gemer de prazer, agarrando o lençol desesperadamente.

Segurando os quadris dela, Zane não demonstrou misericórdia ao investir repetidamente, puxando seu traseiro contra o próprio corpo a cada investida.

— Ai, meu Deus, Zane. Isso! — Ele conseguia ir muito fundo naquela posição e Ellie sabia que Zane estava tão perdido nas sensações naquele momento como ela. Ellie sentiu o corpo suado, parecendo que queimava por dentro e o calor se espalhava para cada centímetro de pele. Empurrando o corpo para trás, ela tentou aumentar a força com que se encontravam. O barulho do impacto dos dois corpos e a respiração pesada eram os únicos sons no quarto.

— Mais forte — pediu ela, sem querer que ele parasse. — Gostosa — gemeu Zane. — Você é tão gostosa.

— Isso — disse Ellie, empurrando o corpo para trás à medida que ele investia, precisando de Zane de forma tão desesperada que somente uma trepada daquela forma a satisfaria.

— Diga que é *minha*, Ellie. Diga que nunca vai me deixar — murmurou ele, apertando suas nádegas enquanto investia com força.

Aquilo era exatamente o que ela estivera tentando mostrar a ele. Em seu desejo de reconfortá-la, e ajudá-la a superar a dor, ele estivera sofrendo sozinho com seu desconforto. — Não vou a lugar nenhum. Não vou deixar você de novo — respondeu ela sem fôlego, tentando afastar o medo que era o que mais o incomodava.

Ele está com medo. Está preocupado de que eu desaparecerei de novo.

Não era um medo racional, mas Ellie descobrira que pouquíssimas coisas que lhe davam ansiedade faziam algum sentido.

Ela implodiu no momento em que Zane tirou a mão de seus quadris e usou os dedos para acariciar a boceta e o clitóris.

Zane assumiu o controle quando o orgasmo de Ellie a consumiu. — Goze para mim, Ellie. Não consigo esperar mais — insistiu ele com voz rouca.

Ele não precisava dizer a ela para gozar. Suas paredes musculares já se contraíam em volta o pênis em espasmos que ela não conseguia controlar, sinalizando a Zane que já estava gozando... com muita força.

— Meu Deus! Não tem sensação melhor do que você gozando em volta de mim — gemeu Zane.

Ellie se apoiou nos cotovelos, sem conseguir mais segurar o corpo com as mãos, quando o orgasmo a atingiu e Zane derramou sua semente dentro dela com um gemido atormentado.

Baixando o corpo sobre o dela, Zane beijou sua nuca e os dois lados do seu rosto. Em seguida, apoiou a testa em seus cabelos. Ela ouviu e sentiu a respiração pesada dele, o calor do hálito quente nos cabelos, o peito subindo e descendo contra suas costas.

Ellie finalmente caiu sobre a cama e Zane rolou para o seu lado. Quando finalmente conseguiu falar, ela sussurrou: — Estou com calor. — Mas já? — brincou Zane ao brincar com um cacho dos cabelos dela.

Ela bateu de leve no braço dele. — Você sabe o que eu quero dizer. Estou suando como uma porca.

— Eu também — concordou ele ao sair da cama. — Vamos.

Ela balançou a cabeça negativamente. — Você me deixou exausta. Preciso de alguns minutos.

Ele não disse uma palavra ao pegá-la no colo, sair do quarto e ir para a piscina interna. Lentamente, eles entraram na água. Ele segurou o corpo nu de Ellie contra o seu, submergindo devagar para que não fosse um choque.

Quando ela abaixou os pés preguiçosamente até o piso da piscina, Zane segurou seus pulsos gentilmente e virou-os de um lado para o outro, inspecionando a pele. — Ainda bem, não ficou nenhuma marca

— murmurou ele. Em seguida, ele colocou a mão nas nádegas dela, acariciando-as de leve. — Mas seu traseiro está um pouco vermelho. — Ele não demonstrou muito remorso por ter deixado marcas nela.

Passando os braços em volta do pescoço dele, ela disse: — Valeu a pena. Acho que nunca tive um orgasmo tão forte.

Um sorriso aliviado iluminou o rosto dele. — Eu não queria machucar você, Ell. Obrigado por confiar tanto em mim.

— Você nunca me machucaria intencionalmente. — Ela acariciou o rosto dele. — Eu sei disso.

— E também não quero machucar você de forma não intencional — resmungou ele, apertando os braços em volta da cintura dela e abaixando a cabeça para beijá-la.

Diferentemente da sessão selvagem na cama, o beijo foi terno e doce, uma afirmação do quanto a achava preciosa. O coração de Ellie derreteu quando os lábios dele se moveram gentilmente sobre sua boca, lambendo cada centímetro.

Quando ele finalmente ergueu a cabeça, ela suspirou e deitou a cabeça no ombro dele. A água em volta deles resfriou o corpo dela. — A sua casa ficou maravilhosa. Obrigada — sussurrou ela no ouvido dele.

O gesto dele a emocionara mais do que conseguiria explicar. — Nossa casa — corrigiu ele. — Quero que ela seja um lar para você.

— Ela é. — Ellie começava a sentir que qualquer lugar seria seu lar desde que Zane estivesse ao seu lado.

— Ótimo — assentiu ele. — Acho que finalmente parece um lar para mim também. Dando um passo atrás, ela mergulhou a cabeça para se resfriar completamente.

Ao voltar à superfície, afastando os cabelos molhados dos olhos, ela relembrou: — Será sempre a sua casa.

Zane fez o mesmo e mergulhou antes de responder: — Talvez, mas nunca foi um lar. Talvez seja por isso que eu nunca tenha me importado com ela. Era um lugar para dormir, para ficar, para estar perto da minha família. Mas era só uma casa.

O coração de Ellie bateu selvagemente. — Mas agora parece um lar para você? — Sim, com você aqui. Parece uma coisa nossa.

O comentário foi tão doce que ela o abraçou. Em seguida, passou as pernas em volta da cintura dele. Ela saboreou aquele momento de intimidade quando Zane passou os braços em volta dela e eles ficaram juntos em um abraço apertado.

Finalmente, quando ela abriu os olhos, Ellie viu o relógio na parede da área da piscina. — Ai, merda! São quase cinco horas. Chloe e Gabe chegarão daqui a pouco.

Gabe enviara uma mensagem a Zane dizendo que chegariam por volta de seis horas, mas a amiga de Ellie tinha o hábito de chegar cedo aos compromissos.

— Ei, não se preocupe — disse Zane com um toque de humor na voz. — Basta dizer a ela que ficou presa.

Ellie bateu de leve no braço dele. — Não tem graça. Ai, meu Deus. Ela vai saber. Chloe sempre sabe quando estou mentindo. Ela diz que sou uma péssima mentirosa.

Zane riu. — Então não minta. Você *estava* presa. Não precisa dizer a Chloe que o irmão dela estava trepando com você como se a vida dele dependesse disso. O que, por sinal, é verdade. Acho que eu teria morrido se não conseguisse ficar dentro de você.

— Ai, meu Deus — exclamou Ellie. — Não sei se ela vai gostar do fato de eu estar saindo com o irmão dela.

— Não é da conta dela — respondeu Zane em tom mais sério. — E não pretendo parar. Portanto, acho que ela vai ter que aceitar.

— Poderá ser... esquisito — Ellie advertiu. Ele balançou a cabeça negativamente. — Não será.

— Preciso tomar um banho e ficar pronta — disse ela ansiosa ao se afastar dele e começar a nadar em direção à escada.

Ele a seguiu, pegando uma toalha para secá-la. Em seguida, secou o próprio corpo. Ellie estendeu a mão e ele lhe deu a toalha para que ela secasse rapidamente os cabelos.

Zane gesticulou na direção da porta. — Pare de se preocupar, querida. Percebi a expressão preocupada no seu rosto. Chloe só quer ver você de novo. Vamos tomar um banho.

— Não vou tomar banho com você — respondeu ela em tom sério. Ellie sabia exatamente o que aconteceria se entrasse no banho com

Zane. Eles não conseguiam ficar nus juntos sem sentir vontade de tocar um no outro.

— Vamos tomar banho juntos, sim — retrucou ele. — Não vou abrir mão da chance de passar algum tempo com você nua.

Ellie ficou secretamente feliz, mas jogou a toalha nele, que caiu sobre sua cabeça. — Seu pervertido — acusou ela.

— É culpa sua. — Ele a culpou com um sorriso sensual ao passear o olhar sobre seus seios.

Ela riu como uma adolescente, surpresa consigo mesma pelo tanto que gostava do lado divertido malicioso dele. Ela correu para o banheiro da suíte principal. — Vou trancar a porta.

Ele a seguiu de perto. — Não vai!

Ele a perseguiu nu pela casa. Ela chegou ao banheiro, mas não teve tempo de fechar a porta antes que Zane a alcançasse. Ellie nunca admitiria que não tentara com muita vontade. Ela *quisera* que ele a alcançasse e foi o que aconteceu. No entanto, ela precisava estar apresentável às seis horas.

Capítulo 15

Blake Colter estava preparando-se para entrar na caminhonete quando viu a Ferrari 458 Spider de Marcus chegando.

— Merda — xingou ele, imaginando se Marcus estava de baixo astral naquele dia, pois não estava dirigindo um de seus veículos mais caros. O irmão gêmeo dele gostava de tudo que era rápido: carros rápidos, aviões rápidos... e mulheres rápidas, pois nunca ficava com uma por muito tempo.

Blake não categorizaria Marcus como um rico esnobe. Marcus gostava de coisa mais finas, sim, e gostava de chegar aonde queria muito mais depressa do que as outras pessoas. De certa forma, ele entendia por que Marcus precisava de velocidade, pois trabalhava secretamente para a CIA em suas viagens constantes pelo mundo inteiro para gerenciar os interesses globais da Colters. Porém, Blake se preocupava com ele. Alguns dos problemas em que se metia não eram sábios se queria permanecer vivo durante as viagens de negócios.

Hesitando, com a porta da caminhonete aberta, Blake esperou até que Marcus saísse do veículo e chegasse a ele.

— Aonde você vai? — perguntou Marcus curioso ao parar ao lado de Blake.

— Pensei em passar na casa de Zane. Eu queria ver Chloe e Gabe.

Marcus ergueu a sobrancelha de forma arrogante. — Mas já? Eles acabaram de voltar. Chloe e Ellie vão se encontrar pela primeira vez dese que Ellie desapareceu. — Ele hesitou antes de acrescentar: — Você só quer espionar a reunião.

Blake abriu um sorriso amarelo. O que Marcus dissera era parcialmente verdade. Ele *queria* ver como as coisas se desenrolariam quando Ellie e Chloe se vissem pela primeira vez em meses. Chloe presumira que a melhor amiga estava morta e não seria uma reunião fácil nem quieta. — Sim? E daí? Talvez eu queira vê-las juntas. As duas passaram pelo inferno. Exceto por Chloe se casar com Gabe, esta é a única coisa boa que aconteceu para elas. — Ele sabia que soava na defensiva, mas não se importou.

— E Zane e Ellie? — perguntou Marcus. — O que têm eles?

— Acho que Zane será o próximo Colter a se casar.

— Acha que eles estão tão próximos assim? — Blake achava que Zane gostava de Ellie, mas não que fosse algo sério. O irmão mais novo sempre fora do tipo que se apresentava quando alguém precisava dele. Por baixo da mente brilhante de Zane, havia um coração mole.

— Acho que eles são muito... próximos — respondeu Marcus em tom divertido. Blake desconsiderou o comentário de Marcus. Se as coisas fossem sérias entre Ellie e Zane, todos saberiam. — Veio aqui por algum motivo específico? — perguntou ele.

Marcus acenou para que ele entrasse na caminhonete. — Você dirige. Mas tenha cuidado ao dar ré. Não quero que bata no meu carro.

Blake observou enquanto Marcus andava casualmente para o outro lado da caminhonete e sentava no banco do passageiro. Sentando-se no banco do motorista, ele o encarou com suspeita. — Você também estava planejando ir até lá. Foi por isso que veio aqui.

Marcus deu de ombros. — Talvez — disse ele em tom indiferente.

Blake ficou tentado a dar ré na caminhonete e bater no carro esportivo logo atrás só para obter uma reação do irmão. Ultimamente, Marcus ficara cada vez mais frio e distante. Talvez fosse por causa do trabalho que fazia para o governo. Fora algo gradual, mas Blake conseguia sentir as coisas com Marcus. Os dois sempre conseguiram ler as emoções um do outro. Tristemente, Blake compreendia Marcus cada vez menos. Era como se o irmão tivesse levantado um escudo para impedir que soubessem o que estava pensando.

— Lembra quando fiz aquele favor para você? Fingindo ser você para que não precisasse ir a uma festa? — perguntou Marcus com cautela.

— Que festa? — Os dois não tinham feito aquele tipo de troca desde que eram adolescentes.

— Aquela que você não queria ir porque disse que a anfitriã era mandona como uma sargenta.

Blake se virou e encarou Marcus com surpresa. — Tínhamos oito anos, Marcus, e eu disse que ela me lembrava de Cruela Cruel, o que certamente lhe servia perfeitamente.

Apesar de o incidente ter acontecido muito tempo antes, Blake ainda se lembrava de como ficara decepcionado porque a irmã de Cruela não fora à festa de aniversário. E a última coisa que queria era ir à festa sem a irmã de Cruela como incentivo.

— Não sei. Eu meio que gostei da sargentinha — comentou Marcus. — De qualquer forma, você disse naquele dia que, se um dia pudesse retribuir o favor fazendo a mesma coisa por mim, faria. Ainda conta?

— Quer que eu seja você? Temos mais de trinta anos. E está me pedindo um favor que prometi quando tínhamos oito anos? Ora, eu já tinha esquecido aquilo.

— Eu nunca me esqueço. E não preciso agora — garantiu Marcus. — Mas talvez no futuro.

— O que está aprontando, Marcus? — Blake podia jurar que havia alguma coisa por trás daquela sessão de perguntas e respostas além do que sabia.

— Não posso contar agora — comentou Marcus com um toque de remorso na voz. — Enquanto você for senador, não posso dividir minhas atividades pessoais.

— Já sei o que você faz para a CIA — relembrou Blake ao fazer a curva em direção à casa de Zane.

— Não é sobre a CIA — respondeu Marcus, pensativo. — Não diretamente, pelo menos.

— Então o que é? — Blake estava ficando ansioso. Ele queria saber o que Marcus estava aprontando.

— Algum dia eu lhe contarei. Eu contarei à família inteira. Mas, acredite, não posso contar agora. Só preciso saber se você me ajudará caso eu precise.

— É claro que eu ajudarei. Nem precisava perguntar. Você é meu irmão. — Blake estava irritado por Marcus não dizer mais nada, mas certamente ajudaria se o irmão gêmeo precisasse.

— Ótimo.

Blake sabia que aquela resposta monossilábica era a única que receberia. — Quando isso poderá acontecer?

— Nem sei se *algum* dia precisarei desse favor. Mas é sempre bom saber todas as minhas opções.

— Basta se manter em segurança e não precisará de nada — disse Blake em tom irritado.

— É o que pretendo fazer — respondeu Marcus arrogantemente.

Blake não tinha resposta para aquele comentário. Ele queria que toda sua família ficasse segura, queria todos felizes e protegidos.

Eles percorreram a curta distância em silêncio. Blake estava perdido em pensamentos, tentando imaginar por que Marcus precisaria que trocassem de lugar.

— Vai a algum lugar? — perguntou Tate Colter inocentemente à esposa.

Lara acabara de voltar para casa, já mudara de roupa e pegara a chave do carro para sair novamente. Tate tinha certeza de que sabia exatamente aonde ela iria.

— Eu queria ir até a casa de Zane para ver Chloe. — Ela pegou a bolsa que estava sobre a mesa da cozinha.

Ele se aproximou por trás e passou os braços em volta da cintura dela. — O que realmente quer é ver a reação de Chloe e Ellie — brincou ele, beijando o lado do pescoço dela. — Está planejando brincar de psicóloga com elas?

Lara se virou nos braços dele e encarou-o friamente. — É claro que não. Ainda não tenho o diploma e não sou qualificada para isso. Só quero ver se minha cunhada e a melhor amiga dela estão bem. Além do mais, estou com saudades de Chloe. Qual é o problema com isso?

Tate se arrependeu de ter dito aquilo porque receou que a brincadeira tivesse magoado Lara. — Não há nada de errado com se preocupar, querida. — Ele colocou os braços em volta da cintura dela. — Eu estava brincando.

Dentre as muitas coisas que ele amava em Lara, era a capacidade dela de se importar com outras pessoas. Algumas vezes, entretanto, ele achava que ela se sacrificava demais. Especialmente quando se oferecia a um terrorista para salvá-lo. Mas Lara era assim e não havia nada que Tate faria para mudá-la. Na opinião dele, ela era perfeita.

— Então você não está sendo muito engraçado hoje — retrucou Lara em tom sério. — Eu amo você — respondeu ele com voz rouca, beijando a testa dela.

Lara passou os braços em volta do pescoço dele. — Nossa, odeio quando você faz isso.

— O quê? Amar você?

— Fazer com que eu me esqueça de por que estava brava com apenas três palavrinhas — sussurrou ela contra os lábios dele ao ficar na ponta dos pés para lhe dar um beijo terno.

Como sempre, tocar em Lara era o suficiente para que ele ficasse de pau duro. Ora, até mesmo olhar para ela ou ouvir sua voz conseguia fazer isso. Ele era completamente louco pela esposa. Sempre fora. Sempre seria.

— Eu não queria deixar você brava, para começo de conversa. É até engraçado, pois tenho que buscar a mamãe. Eu estava vindo falar com você quando a vi pronta para sair.

Lara se afastou ligeiramente para olhar para ele — Por quê?

Tate deu de ombros. — Porque podemos ir juntos para a casa de Zane. Você não é a única que quer ver Chloe. Mamãe está explodindo de empolgação.

A esposa dele ergueu a sobrancelha. — E você não?

— Ok, estou curioso. Ou talvez esteja preocupado. Chloe e Ellie passaram por tanta coisa.

Lara segurou o rosto dele com as mãos. — Elas são fortes, Tate. As duas ficarão bem. Na verdade, elas *estão* muito bem. Eu admiro as duas.

— Por quê? — perguntou ele em tom curioso.

— Depois do que passaram, as duas sobreviveram à dor emocional e física. Não sei se eu teria me saído tão bem.

Tate a encarou atônito. — Você é a mulher mais forte e fodona que conheço. Era agente do FBI, Lara. Tem como ser mais durona que isso?

— É só um trabalho, uma fachada que eu precisava manter para a agência. Mas nunca conhecei a dor pessoal pela qual elas passaram. Sim, eu tive um relacionamento ruim, mas não daquele jeito. Não como elas.

— Você teria superado — respondeu Tate confiante. Talvez Lara nunca tivesse sido testada emocionalmente como a irmã dele e sua melhor amiga, mas ele não tinha dúvidas de que a esposa conseguiria sobreviver a qualquer coisa. — Eu teria garantido isso.

— Sabe, acho que você teria — disse Lara com uma risada. — Você é muito teimoso para me deixar descer em uma espiral por muito tempo. — Ela fez uma pausa e acrescentou: — O apoio é importante e as duas tiveram um cara legal em quem se apoiar quando precisaram.

— Gabe ajudou muito Chloe — admitiu ele. No começo, ele não tivera muita certeza de que se envolver com outro homem tão cedo era do que Chloe precisava. Mas, desde então, mudara de ideia. Gabe Walker acabara sendo exatamente do que a irmã precisava. — Graças a Deus ele era um homem decente.

— Não duvido de que Zane também tenha ajudado Ellie — respondeu Lara pensativa. — Ela parece tão melhor, como se não tivesse medo de sair e viver a vida de novo.

Tate assentiu. — Acho que eles se tornaram bons amigos.

Lara emitiu um som de desprezo. — Se acha que é só isso que eles são, está errado. Ellie tem um certo calor na voz quando fala de Zane, aquele tom que uma mulher tem quando adora um certo cara.

Ele não tinha certeza se entendera exatamente o que a esposa tentava dizer. Por algum motivo, ele não conseguia ver Zane em um relacionamento sério. — Ele é casado com o laboratório, Lara. Ora, nós mal o vemos. Ele é assim desde que éramos crianças.

— As pessoas mudam, Tate. Talvez ele só estivesse esperando a mulher certa. Eu também era casada com a minha carreira. Até que um idiota gostosão me desafiou, fez com que eu percebesse que havia muito mais na vida do que apenas o trabalho.

Tate não pretendia admitir que era um idiota, apesar de provavelmente ser, e respondeu: — Isso foi antes ou depois de você me conhecer?

Lara bateu de leve no braço dele. — Seu bobo! — Ela passou os braços em volta dele e apoiou a cabeça em seu ombro. — Você sabe que me deixa louca às vezes. Mas é exatamente disso que preciso. *Você* é exatamente do que preciso.

Ele apertou os braços em volta dela, grato pelo dia em que Lara entrara em sua vida. Ele nunca percebera como era solitário até encontrá-la e pretendia garantir que ela nunca tivesse motivo para parar de amá-lo. — Você também era do que eu precisava, querida. Sempre será.

Eles ficaram abraçados por um momento até que Lara perguntou: — A que horas vamos buscar sua mãe?

Ele deu um passo atrás e olhou para o relógio. — Agora — respondeu ele com um sorriso.

— É melhor nos mexermos. Estou surpresa por ela ainda não ter telefonado. Deve estar muito empolgada.

Tate abriu a porta para que Lara saísse e o celular no bolso de sua calça começou a tocar.

A esposa olhou para ele e os dois sorriram. Ele trancou a porta rapidamente e os dois correram para o carro.

Capítulo 16

— Eles estão atrasados. Acha que estão bem? — perguntou Ellie nervosa ao olhar pela janela pela quinta vez nos dois minutos anteriores, esperando que Chloe e Gabe aparecessem no caminho para a casa.

— Ellie, pare! – insistiu Zane, que estava sentado no sofá da sala de estar. — Venha sentar aqui. Ficar olhando pela janela não fará com que cheguem mais depressa.

— Estou bem — garantiu ela, sabendo que não conseguiria ficar sentada. Cada nervo de seu corpo vibrava de ansiedade. — Só espero que ela não esteja chateada comigo por ter mantido meu resgate em segredo. Agora não sei mais se fiz a coisa certa.

Zane se levantou e segurou Ellie pelos ombros. — Você tinha o direito de fazer o que quisesse. Era você quem estava se recuperando de um incidente traumático. A decisão era sua e não era da conta de mais ninguém, Ell. Você tinha o direito de fazer o que a deixaria confortável naquele momento.

— Mas ela é minha melhor amiga — respondeu ela ansiosa. — Talvez tenha sido algo egoísta, mas eu não queria que ninguém me visse naquela situação. Eu precisava de tempo. E não queria que ela voltasse correndo por minha causa.

— Então você tinha o direito de se recuperar em paz — retrucou Zane em tom razoável. — Você precisava se preocupar apenas consigo mesma. Pelo amor de Deus, você quase morreu.

— Você não deixou que eu me recuperasse em paz — relembrou ela com um sorriso. — Foi teimoso, manipulador e mandão.

— Só em relação à sua segurança — resmungou ele. — Eu queria que você se sentisse feliz de novo. Só porque você tinha o direito de ficar sozinha não quer dizer que tivesse que ficar.

— Eu precisava de você — confessou Ellie ao passar os braços em volta dele. — Só não queria admitir. Você me salvou de várias formas, sabia? Com Chloe longe, eu não tinha ninguém. Sim, morei em Rocky Springs a vida inteira, mas acho que nunca percebi como tinha poucos amigos de verdade. Não que isso importe, pois Chloe compensa muito bem. Não tem como ser mais amiga do que ela é.

— Você. Tem. Eu. — Zane passou os braços em volta da cintura dela. — E amigos bons de verdade são difíceis de encontrar, especialmente quando alguém trabalha tanto quanto você. Quando não está fazendo coisas para mim, está trabalhando em seu negócio *on-line*. Passo tanto tempo no laboratório que também não fiz muitos amigos. Tenho colegas de trabalho, mas, em se tratando de pessoas que ficariam ao meu lado quando eu precisasse, praticamente só posso contar com minha família.

— Você tem a mim agora. — Ellie repetiu as palavras dele. — Acredite, sei como tenho sorte de ter você — respondeu Zane com sinceridade e os olhos ardentes.

Ellie reprimiu as lágrimas, algo que fazia com frequência quando uma das confissões sinceras de Zane a deixava emocionada. *De verdade, ele teve a sorte de ter uma mulher como ela, que lhe deu mais trabalho do que alegria?*

Ela pensou por um momento, contendo-se e eliminando os pensamentos negativos. Apesar da dor de que se lembrava, havia muita alegria em sua vida com Zane e os dois estavam felizes. Era difícil lidar com os momentos sofridos, mas, naquele momento, as coisas boas superavam as ruins. Na verdade, algumas vezes Ellie achava que sua vida não tinha como ser mais perfeita. Sim, de vez em quando um pesadelo ou hábitos antigos ainda a assombravam, mas, em sua maioria, Zane lhe ajudara a se libertar.

A vida dela estava diferente. *Ela* estava diferente, tudo porque Zane Colter entrara em sua vida. Mesmo antes do sequestro, o mundo dela fora muito pequeno. Ele a ajudara a expandir seu universo e, não importava o que acontecesse entre eles no futuro, ela sempre seria grata a Zane.

Eu amo você!

Apesar de Ellie querer desesperadamente dizer aquelas palavras ao encarar o olhar tempestuoso de Zane, ela hesitou. Eles eram um casal agora, mas Zane nunca dissera nada sobre estar apaixonado. Ele acreditava em amor ou apenas em monogamia? Francamente, Ellie acreditava que Zane era sua alma gêmea, o homem com quem sempre quisera estar. Mas ela aceitava que um homem da ciência provavelmente não concordaria com uma teoria como essa.

Subitamente, a campainha soou, arrancando Ellie de seus pensamentos. — Chloe — sussurrou ela em tom reverente, como se sua melhor amiga fosse uma celebridade.

— Eu atendo — disse Zane.

— Não. Estou bem. Iremos juntos.

Zane entrelaçou os dedos nos dela, oferecendo um apoio silencioso ao andarem até a porta da frente. Ele girou a maçaneta e a porta de madeira pesada se abriu.

Em frente a ela, estava uma Chloe sorridente e feliz, parecendo mais linda do que nunca. Não que Chloe alguma vez tivesse parecido feia, mas parecia ter um brilho que sempre parecera faltar.

Ellie a encarou incrédula e... perdeu o controle.

Estendendo os braços, ela os passou em volta do pescoço de Chloe e puxou-a para dentro da casa com um soluço. — Ai, meu Deus. Não achei que veria você de novo.

As lágrimas de Ellie correram livremente quando as duas mulheres se abraçaram de forma tão exuberante que acabaram caindo de joelhos.

— Eu sinto tanto, Ellie. Eu sinto tanto — gaguejou Chloe por entre as lágrimas.

Ela abraçou a melhor amiga com mais força. — Acabou. Estou aqui. Não importa mais.

Agora, Ellie se sentia feliz por não ter contado a Chloe que estava viva. Mal conseguia imaginar a reação da amiga se a tivesse visto durante os dias em que parecia um esqueleto e nem conseguia caminhar sozinha. Com o coração imenso que tinha, as imagens teriam assombrado Chloe para sempre.

— Eu tive tanto medo de nunca mais ver você de novo — murmurou Chloe entre soluços pesados de alívio.

— Eu amo você tanto! — exclamou Chloe.

— Eu também amo você — respondeu Ellie imediatamente.

Nenhuma das duas percebeu quando os homens as levantaram. Os dois pareciam preocupados, com os olhos estranhamente úmidos e sem conseguir afastar os olhos delas. Só o que podiam fazer era compartilhar da alegria das duas mulheres que estavam tão felizes por estarem juntas novamente.

Finalmente, Chloe se afastou e segurou Ellie pelos ombros. — Deixe-me olhar para você. Ai. Meu. Deus. Você está fantástica. Perdeu peso e adorei os cabelos mais curtos.

Ellie sorriu para Chloe, determinada a nunca mencionar o motivo pelo qual estava com um peso normal. Ela também não diria nada sobre os cabelos mais curtos. Seus cabelos tinham crescido, mas levariam anos para chegar ao comprimento que tinham antes. Por outro lado, ela não tinha certeza se queria que ficassem tão longos novamente. Ela gostava do estilo curto e de como era fácil cuidar deles.

Segurando os braços da amiga, Ellie inspecionou Chloe, percebendo como ela parecia despreocupada naquele momento, exceto pelas lágrimas que escorriam pelo rosto. — Você parece feliz — disse ela com simplicidade, pois isso exprimia exatamente o que via.

— E estou. Ah, deixe-me apresentar você a Gabe, meu marido.

Afastando-se de Chloe, Ellie olhou para o homem alto e bonito ao lado da amiga. — Nós cruzamos um com o outro algumas vezes. Parabéns, Gabe. Você tem a esposa mais maravilhosa que poderia querer — disse Ellie com uma piscadela ao estender a mão.

Gabe assentiu e sorriu ao apertar a mão dela. — E eu não sei? — retrucou ele com um sotaque ligeiramente arrastado. — Se eu me esqueço, ela me relembra disso.

Chloe bateu de leve no braço dele. — Claro que não — disse ela em tom falsamente indignado.

Puxando o braço, Ellie percebeu que o sorriso de Gabe chegava aos olhos, fazendo com que brilhassem maliciosamente. Sua melhor amiga *encontrara* o homem perfeito. Ellie tinha a impressão de que Gabe e Chloe riam bastante.

Ela assistiu enquanto Gabe e Zane apertavam as mãos e batiam de leve nas costas um do outro.

Chloe se virou para o irmão e abraçou-o com força.

— Como foi a lua de mel prolongada? — perguntou Zane, parecendo ter feito a pergunta para aliviar o clima. — Vamos para a sala de estar. — Ele foi na frente.

Ellie e Chloe o seguiram, de braços dados, como se tivessem medo de se soltarem.

— Foi maravilhosa — respondeu Chloe. — Mas nada na viagem foi melhor do que voltar para casa. Ainda parece surreal para mim que Ellie esteja aqui. Acho que vou demorar um pouco para me acostumar com o fato de ela estar de volta.

As duas mulheres se sentaram no sofá e viraram uma para a outra.

— Você está bem, mesmo? — perguntou Chloe em tom hesitante.

Ellie assentiu. — Não vou mentir e dizer que não tenho alguns problemas que ficaram, mas estou trabalhando neles. Zane salvou a minha vida.

— Você sentiu frio? Aquele filho da puta alimentou você? Ele a machucou? — Havia um tom desesperado na voz de Chloe.

— Senti frio. E ele deixou pouquíssima comida e água, mas foi o suficiente para durar até que Zane me encontrasse. — Ellie não mentiria para Chloe, mas torceu para que a amiga não fizesse mais perguntas.

Os homens tinham se sentado em cadeiras em frente ao sofá. Os olhos de Chloe se viraram para Zane. — Obrigado. Mas ainda quero matar você por não ter me contado que ela estava viva.

— Não — interrompeu Ellie. — Por favor, não culpe ninguém além de mim. Eu queria algum tempo para botar a cabeça no lugar. Zane e Gabe respeitaram isso. Se está furiosa, é comigo. Pedi a eles que não contassem. Acho que nós duas precisávamos de tempo para a cura.

— Não estou com raiva de você, Ellie. E nem de Zane. Como poderia? Ele salvou você.

O interfone soou e Ellie olhou para Zane perplexa. — Mais alguém ficou de vir?

Zane revirou os olhos. — Está brincando? Todos virão aqui. Talvez eu devesse ter deixado o portão aberto.

— Quem?

— Minha família. Achou mesmo que a mamãe e os meus irmãos perderiam a festa?

Chloe deu um gritinho de alegria ao se levantar para atender o interfone. — Não sei como deixá-los entrar, mas estou feliz por estarem aqui. Só queria que tivessem nos dado mais tempo para conversar.

Sinceramente, Ellie estava aliviada. Apesar de querer ter algum tempo a sós com Chloe, não tinha certeza se estava pronta para algumas das coisas que a amiga pudesse perguntar.

Zane se levantou, sem importar em atender o interfone. Ele simplesmente apertou o botão para abrir o portão.

Antes que o carro chegasse ao fim do caminho, ele deixou outro veículo passar pelo portão. — Mas que droga, eles podiam pegar carona uns com os outros — resmungou ele ao se levantar para abrir a porta.

Ellie percebeu que o desejo de Zane fora atendido quando viu Marcus e Blake entrarem juntos. Alguns minutos depois, entraram Tate, Lara e a mãe de Chloe.

Aileen levara jantar do *resort* para todos e os rapazes foram retirar tudo do carro de Lara.

Enquanto o grupo andava para longe da sala de estar, Zane pegou o braço dela a caminho da cozinha. — Querida, odeio fazer isso agora, mas Sean acabou de telefonar. Aconteceu alguma emergência no laboratório.

— Hoje? Mas é fim de semana. — Ellie sabia que parte da equipe de pesquisa trabalhava nos fins de semana, mas raramente as pessoas do alto escalão. Sean normalmente ficava com Elena e não precisava trabalhar nos fins de semana. — Ele disse que Elena o deixou e queria distrair a mente. Portanto, foi trabalhar porque estava tendo sorte com um dos nossos projetos. Mas algum equipamento não está funcionando. Preciso que esteja funcionando até a manhã de segunda-feira.

— Então vá — disse Ellie. — Ficarei aqui com Chloe e os demais.

Zane assentiu relutantemente. — Eu sempre quero que você esteja comigo, mas não vou tirá-la daqui agora. Estarei de volta amanhã.

Ellie passou os braços em volta do pescoço de Zane e beijou-o, bem na frente da família dele. Ele apertou ainda mais o abraço, correndo as mãos pelos cabelos dela e devorando sua boca até que Ellie ficasse sem fôlego.

— Vou sentir sua falta — disse Ellie em tom ansioso. — Também vou sentir sua falta. Divirta-se com Chloe.

Ele se afastou tão depressa quanto se aproximara, deixando várias expressões interrogativas para trás. Ellie se virou e viu que todos a encaravam.

O único que não parecia surpreso era Marcus. — Estamos namorando — murmurou Ellie nervosa.

Marcus cruzou os braços em frente ao corpo com um sorriso malicioso. — Espero muito que sim. Caso contrário, vou ter que ter uma conversa séria com ele sobre etiqueta com amigas.

Chloe se aproximou de Ellie com entusiasmo e abraçou-a com força. — Estou tão feliz por vocês dois. Obrigada.

Ellie retribuiu o abraço. — Pelo quê?

— Por deixar meu irmão feliz. Percebi na expressão dele que ele gosta de você. Fico muito feliz por o sentimento ser mútuo.

— Muito mútuo — disse Ellie com uma risada.

— Eu sei que você gostava dele quando era mais jovem e sempre me perguntei se ainda havia alguma coisa. Você perguntava muito sobre ele.

Ellie sentiu o rosto quente. — Desculpe. Eu não estava tentando arrancar informações de você. Eu só...

Ok. Talvez ela quisera saber o que Zane estava fazendo, com quem estava saindo e qualquer outra informação que conseguisse. Mas não fora intencional.

— Está tudo bem. Ele também me perguntava muito sobre você — garantiu Chloe. — Só estou feliz por estarem juntos agora. Você o ama?

A pergunta da melhor amiga a pegou de surpresa. Finalmente, ela assentiu. — Com toda a minha alma. Quis dizer isso a ele tantas vezes, mas não queria estragar o que temos.

— Não vai estragar. Ele também ama você — respondeu Chloe em tom direto.

Ellie quis perguntar como ela sabia disso e se realmente achava que era verdade, mas a amiga se distraiu quando a mãe a arrastou para a cozinha para colocar a conversa em dia.

Chloe disse baixinho: — Conversaremos mais tarde.

Ellie assentiu e virou-se para Blake, que tentava perguntar aonde Zane fora. Ela sentiu o coração apertado ao explicar que ele tivera que ir até o laboratório.

De forma ridícula, ela já sentia falta dele.

Capítulo 17

A reunião de família improvisada durou horas, com muitas risadas, comida e bebida enquanto o clã inteiro colocava a conversa em dia. Aileen estava feliz, dizendo que era raro que todos estivessem em Rocky Springs ao mesmo tempo. Ela também deixou escapar que estava feliz por Zane ter alguém que o tirasse do laboratório de vez em quando.

Era tarde quando Ellie recebeu o telefonema que estava prestes a fazer com que seu mundo desabasse.

A maior parte da família estava no aposento comunitário porque era maior. Ellie ouviu o toque de Zane no celular. Levantando-se rapidamente, ela saiu depressa da cozinha em busca da bolsa onde estava o telefone.

— Alô — atendeu ela finalmente, sem fôlego.

— Ellie? — A voz não era de Zane. Ellie ficou confusa por um momento até reconhecê-la.

— Sean? O que está acontecendo? Onde está Zane? — O coração dela começou a bater mais depressa. Ela sabia que, se Zane deixara que Sean usasse o telefone dele, era porque alguma coisa estava errada.

— Ele está aqui, mas está amarrado. Literalmente. Não sei dizer se ele gosta do fato de eu ter uma arma contra a cabeça dele, mas não dou a mínima.

Ellie sentiu o coração apertar ao perceber o humor de Sean, o tom maníaco na voz dele. Ela vivera isso antes e as coisas não tinham se saído bem. — Por quê? Sean, por que você faria isso quando foi ele que o escolheu para cuidar o laboratório de pesquisa? Ele contratou você, foi seu mentor depois de colocá-lo em uma posição de poder no laboratório. — Acha que mando em alguma coisa? Claro que não. Não tenho o dinheiro que Zane tem. E nunca terei, a não ser que crie minha própria sorte. Seu namorado nasceu com o traseiro virado para a lua. Eu não. A única coisa que eu sempre quis foi Elena e ela me deixou por um homem mais rico. Eu a quero de volta. Para isso, preciso de dinheiro e de uma forma de ficar rico o suficiente para ter Elena de volta. E você vai conseguir isso para mim.

Ellie andou até o aposento onde estavam os outros. Todos os membros da família Colter ficaram em silêncio ao perceber a palidez dela. Ela colocou um dedo sobre os lábios pedindo que ficassem quietos.

— Levarei a você se prometer que não machucará Zane. Por favor.

Tate se levantou e andou até onde ela estava parada, virando o telefone um pouco para que também pudesse ouvir.

Sean resmungou. — Não é só isso que eu quero. Zane está fazendo uma pesquisa privada, um projeto independente que não pertence ao laboratório. Quero essa pesquisa.

— Eu... eu nem sei onde ela está. O que é?

— Ele tem um laboratório no subsolo da casa. Preciso do *notebook* que ele guarda lá.

— Eu não...

Tate rapidamente colocou um dedo sobre os lábios e balançou a cabeça negativamente. *Ele está dizendo que não devo dizer a Sean que não tenho acesso ao laboratório?* Evidentemente, era exatamente o que ele parecia estar dizendo.

— Não sei exatamente onde está, mas encontrarei — disse ela em tom firme, percebendo que Tate tinha razão. Se admitisse que não conseguiria pegar o que Sean queria, talvez ele matasse Zane.

— Seja rápida. Quero que esteja aqui amanhã às dez horas da manhã. Caso contrário, matarei seu namorado. Aí você verá como é perder alguém que ama. Talvez então consiga entender — disse Sean. — É fim de semana. Talvez o dinheiro não esteja acessível — enrolou ela.

— Eles são Colters. — Sean cuspiu o nome como se fosse algo vil. — Esses imbecis conseguem qualquer coisa que querem. Quero um milhão de dólares em notas não marcadas *e* o *notebook* do laboratório de Zane.

— Há mais alguém no laboratório com você? — Ellie viu, pelo canto do olho, quando Tate assentiu.

— Não. Está todo mundo de folga no fim de semana. Estamos só eu e o filho da puta que distraiu minha mulher, que virou a cabeça dela com o dinheiro.

As mãos de Ellie estavam tremendo e Tate tirou o telefone dela, mantendo-o na mesma posição. Ela queria argumentar com Sean, dizer que Elena não valia tudo aquilo, que Zane nunca tivera o menor interesse por ela, mas não disse nada. Zane nunca encorajara a mulher. Ellie vira isso pessoalmente. Mas era impossível discutir com um homem que descera ao fundo do poço. Infelizmente, ela descobrira isso da forma mais difícil.

Apesar de estar grata por Sean não poder machucar mais ninguém no laboratório, estava aterrorizada por Zane. — Quero falar com ele. Coloque Zane no telefone para que eu saiba que ele ainda está vivo.

Ela ouviu um barulho abafado e, em seguida, a voz desesperada de Zane. — Ellie, não venha aqui. Chame a polícia e deixe que ela cuide disso. Ele não vai deixar nenhum de nós sair daqui. Vai matar nós dois.

Sean devia ter amordaçado Zane novamente, pois havia silêncio quando ele voltou ao telefone. — Ele está errado. Se seguir minhas instruções, eu o soltarei. Terei os meios para ser um homem muito rico com o dinheiro e a pesquisa dele. Se trouxer a polícia ou se eu vir um carro de polícia parado em frente a este prédio, será o fim. Traga as coisas amanhã de manhã. E venha sozinha. Se não, seu namorado morrerá.

Ellie entrou em pânico ao ouvir o barulho da ligação sendo cortada.

— Sean! Espere! Por favor!

Tate desligou o telefone e colocou-o sobre uma das mesas do aposento.

— Um funcionário insatisfeito, imagino? — perguntou Tate.

Ellie rapidamente explicou tudo o que sabia sobre Sean e Elena à família de Zane, o que não era muito. Em seguida, contou tudo o que acontecera durante o telefonema.

— Então é uma vaca gananciosa que nem vale a pena — comentou Marcus em tom desgostoso.

— Não sei o que fazer — admitiu Ellie. — Nem sei como acessar o laboratório de Zane aqui. Ele sempre falou em me levar lá, mas não tivemos a oportunidade antes de irmos para Denver.

— Você sabe em que projeto ele está trabalhando? — perguntou Blake. — Sim. Não em detalhes, mas ele disse que está trabalhando em algumas vacinas para as doenças mundiais. Como demoraria anos, ele começou o projeto de forma independente. Não sei se está perto de terminar, mas sei que colocar essa pesquisa nas mãos erradas poderia ser desastroso se o único motivo para querer os estudos for ganhar dinheiro. Zane não queria remédios. Ele queria prevenção. Foi por isso que manteve a pesquisa em segredo. Ele queria levar a pesquisa até as vacinas e é muito meticuloso com os detalhes e a replicação antes de chegar a uma descoberta real. Ele provavelmente achou que podia dividir as informações do projeto com Sean. Ele é o diretor do escritório de Denver. As informações de Zane deveriam estar seguras com Sean.

— Onde é o laboratório? — perguntou Tate em tom de urgência.

— No subsolo. Mas tem segurança.

Tate sorriu. — Não é problema. Só me leve até lá. — Em tom mais sério, ele perguntou: — Marcus, você consegue o dinheiro?

O Colter mais velho já estava digitando uma mensagem no celular.

— Estou providenciando.

Ellie levou Tate até a entrada do laboratório no subsolo e deslizou o painel para o lado. Tate gentilmente a empurrou para o lado, olhando para o dispositivo de segurança na porta.

— É um *scanner* de impressão digital — comentou ele, brincando com alguns dos mecanismos da porta pesada.

— Então não temos como entrar sem a impressão digital de Zane?

— Normalmente, não. A não ser que ele tenha configurado a porta para aceitar também a sua impressão digital.

— Ele não fez isso — respondeu Ellie em tom triste, desejando ter insistido mais para ver o que Zane fazia no laboratório. — Não acho que ele quisesse que eu viesse aqui sozinha. Disse que havia substâncias perigosas demais.

— Não se preocupe, Ellie. Consigo destravar o sistema. Só preciso de algumas ferramentas, o que poderá demorar um pouco. Mas nenhum sistema de segurança é inviolável se souber o suficiente sobre ele.

Ellie sabia que Tate provavelmente era uma das melhores pessoas a ter por perto se precisasse de alguém para abrir aquela porta. — Ok. O que mais posso fazer? Devo ligar para a polícia?

— Claro que não — comentou Blake ao se aproximar para ver o que Tate estava fazendo. — Eles encheriam o prédio de policiais. No minuto em que esse idiota vir um carro da polícia, as chances de Zane sair vivo não serão boas.

— Ele tem razão — disse Marcus, que seguira Blake até lá. — Os policiais farão o que foram treinados para fazer. Isso significa equipes da SWAT, negociadores e todas as outras coisas que farão com que Zane seja morto. Quando Tate conseguir entrar no laboratório, cuidaremos do assunto.

— Vou com vocês — disse Ellie em tom de teimosia. — Ele disse que eu deveria levar as coisas. E, se vir vocês, as coisas poderão dar errado. Além do mais, eu conheço o prédio. Sei como entrar sem ser detectada. Tenho os códigos dos alarmes e sei onde ficam o laboratório e os escritórios.

— Você não vai — retrucou Tate em tom firme. — Zane nunca nos perdoaria se alguma coisa acontecesse com você. Pelo amor de Deus, você acabou de se recuperar de um sequestro.

— Se não me levarem com vocês, aparecerei lá mesmo assim — argumentou Ellie. Ela não ficaria para trás de jeito nenhum.

— Também vou — insistiu Blake.

— Nenhum de vocês é treinado em situações com reféns. Deixe que Tate e eu cuidemos disso para que ninguém mais saia ferido — disse Marcus em tom grave.

Ellie cruzou os braços e encarou os três homens. — Eu preciso ir. Ele espera me ver lá. Como acha que explicarão quando eu não aparecer? Se o pegarem desprevenido, talvez tenhamos uma chance.

— Ela tem razão — comentou Tate. — Mas vocês sabem que Zane ficará furioso.

Blake deu de ombros. — Melhor furioso do que morto.

— Não gosto disso — resmungou Marcus. — É perigoso demais para Ellie.

Frustrada, Ellie se virou e voltou para a sala, esperando encontrar um pouco de apoio. Os três homens a seguiram.

— Não é que achamos que não consiga, Ellie — disse Tate ao entrar na sala com os outros logo atrás.

— Então me diga o que é, pois estarei lá, gostem ou não. É a única esperança de Zane no momento. Se Sean vir vocês dois, ele poderá matar Zane. — Ela respirou fundo e tentou se acalmar. — Você precisa entender que não podemos colocar sua vida em risco. Eu mataria qualquer um que deixasse Lara correr perigo, incluindo um dos meus irmãos — respondeu Tate irritado.

— Eu também vou — informou Lara ao marido em tom direto. — Mais uma profissional armada será útil.

— É claro que não vai — retrucou Tate furioso, lançando um olhar de advertência a Lara.

Ellie viu Chloe sentada no sofá ao lado de Aileen, que chorava, tentando reconfortar a mãe. Toda aquela discussão não tornava as coisas mais fáceis para Aileen nem para o restante da família.

— Parem! — Ellie ergueu a voz para ser ouvida. Aquele não era o momento para brigas. — Acho que todos vocês precisam entender que nada me impedirá de estar naquele prédio amanhã de manhã. Zane salvou a minha vida. Nunca desistiu de mim, mesmo sabendo que deveria. — Ela hesitou antes de acrescentar: — Como ele nunca desistiu de mim, nunca desistirei dele. Prefiro morrer tentando a viver neste mundo sem ele.

As lágrimas escorreram pelo seu rosto quando ela terminou de falar. — Sabemos que você se importa com ele — disse Blake baixinho.

— Eu. Amo. Zane — Ellie colocou ênfase em cada palavra. — Eu o amo mais do qualquer coisa no mundo.

Meu Deus, como ela desejou ter dito a Zane o que sentia. Agora, parecia ridículo ter se preocupado com a reação dele.

— Vamos pensar em um plano ou vamos ficar aqui sentados batendo boca? — perguntou Marcus em tom seco.

Todos concordaram que um plano era a melhor opção.

Capítulo 18

Zane sabia que morreria. Era apenas uma questão de *quando* Sean decidiria matá-lo. O único consolo que tinha era que, pelo menos, Ellie não estava lá com ele. E ele sabia que os irmãos a manteriam segura.

Fora uma longa noite. Sean mantivera Zane em um estado semiconsciente para que pudesse dormir.

Como se não fosse o suficiente, ele estava amarrado a uma cadeira no escritório de Sean com tanta força que Zane nunca conseguiria se soltar. E ele tentara, repetidamente. No momento em que começava a fazer barulho demais, Sean acordava e batia em sua cabeça novamente. Zane conseguiu ouvir o funcionário roncando na cadeira logo atrás dele.

Ele achou muito irônico ser mantido prisioneiro em um escritório que fora seu e que dera a Sean quando o contratara não muito tempo antes. E era um excelente escritório. Agora, ele se arrependia de não ter colocado o diretor em um cubículo horroroso em outro lugar em vez de lhe dar um escritório executivo tão bom quanto o seu.

Zane tentou não fazer barulho quando sentiu a cabeça começar a clarear. Ele queria estar acordado e consciente caso a polícia chegasse para ver se conseguiria fazer alguma coisa para ajudar a se manter vivo. Sinceramente, ele esperara a intervenção da polícia bem mais cedo. Já era de manhã e, ao olhar pela janela para o sol, notou que era bem depois da alvorada.

Merda! Ele esperava muito que Ellie não estivesse planejando atender as exigências de Sean. O imbecil mataria os dois em um piscar de olhos se ela entrasse no prédio com as coisas que Sean queria. Zane sentiu o coração gelar.

Fossem quais fossem os problemas de Sean, não eram com Zane. Ele só se tornara a fixação do funcionário, um alvo que, na realidade, não existia.

Por que nunca percebi os sinais? Como ele conseguiu esconder esse lado por tanto tempo?

Zane sabia o que acontecera. Ora, ele vira recentemente uma notícia sobre um pai, marido e aparentemente um homem normal, sem registro criminal, que saíra um dia e matara várias pessoas com uma arma.

Talvez a deserção possivelmente final de Elena deixara Sean fora de controle. Entretanto, Zane não tinha dúvidas de que os problemas mentais de Sean sempre tinham existido e só estavam escondidos, esperando o motivo certo para explodirem. O cara podia ter uma mente científica brilhante, mas, em outras áreas do cérebro, certamente havia outros problemas graves.

Virando a cabeça lentamente, ele olhou para o relógio.

Quase nove!

Ele estava ficando nervoso, preocupado com o fato de que a polícia ainda não aparecera. Ellie realmente levaria o que Sean queria? *Por favor, meu Deus, não!*

Não é possível. Nunca dei acesso a ela ao meu laboratório em Rocky Springs.

No entanto, Zane sabia que Ellie teria que trabalhar com a família dele para conseguir o dinheiro que Sean queria, e seus irmãos podiam ser muito perigosos. Com as habilidades de Tate e Marcus, Zane não duvidava de que tentariam alguma coisa eles mesmos. Era a única explicação para a polícia não estar ali.

Caralho! A última coisa que quero é que um deles se machuque. Ele provavelmente teria uma chance melhor de sair dali vivo se Tate e Marcus estivessem planejando alguma coisa juntos. A verdade era que ele queria viver. Zane não queria deixar Ellie sozinha na Terra e queria estar presente ao lado dela. Eles ainda não tinham tido tempo suficiente. Ele ainda não estava pronto para morrer.

Eu nunca disse a ela o quanto a amo.

Aquele era o maior arrependimento de Zane. Talvez ele não fosse um cara romântico nem tivesse sido muito bom em dizer a Ellie exatamente como se sentia. Mas, merda, era tão difícil assim dizer a ela que a amava? Que faria qualquer coisa para vê-la sorrir?

Obviamente, era difícil, caso contrário, ele já teria dito isso a ela. Zane não queria espantá-la abrindo o coração de uma vez só. Agora, ele desejou ter feito isso.

O ronco de Sean subitamente parou e Zane fechou os olhos depressa. Era melhor parecer que ainda estava inconsciente até que alguma coisa acontecesse, e ele sabia que aconteceria. Ele conhecia os irmãos, que não deixariam o destino de Zane nas mãos da polícia, especialmente porque Sean ameaçara matá-lo no instante em visse um carro da polícia. Alguma coisa aconteceria. Ele sabia que sua família tinha algum plano. Só desejou saber exatamente o que tinham planejado.

Ellie esperou o suficiente para que Tate, Marcus e Lara ganhassem acesso ao sistema de ventilação. Ela os deixara entrar no prédio pela entrada de serviço com a chave que tinha. Em seguida, digitara os números que desligavam o sistema de alarme da área e trancara novamente a porta depois que os três estavam posicionados.

Depois de definirem o plano na noite anterior, Blake fora excluído porque o que fariam não era exatamente a forma de lidar com a situação que seria aprovada pelo governo. Blake tinha que considerar sua posição como senador. Ele não ficara feliz, mas finalmente concordara, principalmente porque não queria ser um estorvo, já que não tinha experiência em execução da lei.

Tenho que ser paciente. Tenho que dar a eles tempo de percorrer o sistema de ventilação.

Ellie não dormira, mas estava longe de se sentir cansada. Seus nervos estavam à flor da pele e as mãos estavam trêmulas quando ela caminhou em direção à entrada principal do prédio. Ela estaria mentindo se dissesse que não estava com medo, mas, naquele momento, sentia medo pela vida de Zane.

E se ele já estiver morto?

Ela teve que parar e respirar fundo, afastando os pensamentos negativos da mente. Ela não poderia fazer o que era necessário se entrasse em pânico.

Ela sentiu um arrepio na espinha e percebeu instantaneamente que estava sendo observada. A janela no escritório de Sean ficava virada para a entrada e Ellie tinha certeza de que ele observava cada um de seus movimentos.

Ela ajeitou a mochila sobre o ombro para que ele visse que a carregava, bem como o *notebook* sob o outro braço. Em seguida, ela destrancou a porta da Colter Labs e entrou.

Com um olhar para o painel do alarme, ela notou que o sistema do prédio principal estava desativado. Sean não ligara os alarmes do escritório e da recepção ou simplesmente os desativara antes que ela entrasse. O telefone de Ellie tocou e ela deu um salto, quase deixando o *notebook* de Zane cair.

Com pressa, ela largou a mochila e o computador sobre a mesa da recepção e tirou o telefone do bolso da calça.

Ela olhou para o identificador de chamada antes de atender. — Tenho o que você quer. Agora quero fazer uma troca. — A voz dela saiu surpreendentemente firme. A raiva por Sean ter colocado Zane naquele jogo insano alimentou sua coragem.

— Venha até o meu escritório sozinha — advertiu Sean.

— Eu *estou* sozinha — retrucou ela. — Estou a caminho e quero ver Zane.

— Ele está aqui e não parece muito feliz no momento — respondeu Sean em tom divertido.

— O que você fez com ele? — perguntou Ellie furiosa, mas percebendo que a linha tinha ficado muda.

— Merda! — Ela guardou o telefone no bolso e pegou as coisas que estavam sobre a mesa. Em seguida, andou até os elevadores que levavam aos escritórios.

Àquela altura, Tate, Lara e Marcus deviam estar em posição. Ellie não sabia o que finalmente fizera com que Tate cedesse e levasse Lara. Mas Ellie ouvira quando ele relembrara a esposa da promessa dela antes de entrarem no prédio. Portanto, Ellie sabia que Tate não acreditava que Lara estaria perto da situação perigosa.

Ellie respirou fundo algumas vezes antes que o elevador parasse no andar onde ficava o escritório de Sean, tentando se manter o mais calma possível. O maior medo que tinha era de não conseguir salvar Zane.

Ele nunca desistiu de mim. Não vou desistir dele.

Aquelas palavras tinham se tornado o mantra dela, sua força. Ela daria a própria vida em troca da vida de Zane em um piscar de olhos. Só tinha medo de talvez não ter a oportunidade de fazer isso.

A porta do escritório de Sean estava aberta. Ellie sentiu o coração bater com força ao entrar lentamente no escritório, procurando Zane freneticamente. — Onde ele está? — perguntou ela, sentindo vontade de arrancar o sorriso maligno do rosto de Sean quando ele a recebeu na porta. — Eu fico com isso — rosnou ele ameaçadoramente, pegando a mochila e o *notebook* dos braços dela.

Ela percebeu pelo canto do olho uma das cadeiras do escritório de Sean movendo-se e viu um par de botas no chão. — Zane! — Ela ignorou Sean, que vasculhava a mochila para verificar se continha dinheiro de verdade, e correu até a cadeira.

A fúria a invadiu quando ela viu como ele estava literalmente amarrado do pescoço até os joelhos na cadeira, com sangue escorrendo da cabeça e o rosto machucado. — Seu imbecil — disse Ellie ao se virar para xingar Sean. — Você o machucou.

— Eu não disse que não ia me divertir um pouco — respondeu Sean ao tirar a arma da cintura e apontá-la na direção dos dois.

— Você disse que queria fazer uma troca. — Ela tentou não se encolher quando Sean acenou com a arma no ar de forma descuidada antes de virá-la em direção a Ellie e Zane. Ela manteve Zane virado de costas para Sean ao encará-lo, com o corpo ao lado da cadeira. Se Sean pretendia atirar em Zane, teria que passar primeiro por ela.

— Você não pode ser tão burra, Ellie — respondeu Sean. — Se eu a deixar ir, o que acontecerá? Terei que fugir pelo resto da vida. Não foi assim que planejei as coisas. Vou matar os dois e, quando encontrarem os corpos, estarei longe do país. Tenho um avião me esperando e posso vender descobertas científicas de qualquer lugar. Um milhão de dólares ajuda muito a me levar a um lugar onde estarei seguro.

— A família de Zane caçará você como um cão de caça sentindo o cheiro de um coelho. Eles perseguirão você até o fim do mundo, se for preciso — sibilou Ellie.

— Há lugares a que nem mesmo os Colters conseguem chegar. Além do mais, eles não terão como provar que vocês dois não tiveram uma briga doméstica e acabaram com uma situação de assassinato seguido de suicídio. Posso fazer com que pareça que foi isso que aconteceu.

— Eles já sabem que você o tem como refém.

— Eles teriam que provar que matei vocês dois. Acredite, vou apagar meus rastros.

Sean ergueu a arma para seguir em frente com suas intenções assassinas. E foi quando tudo aconteceu ao mesmo tempo.

Ellie bateu na cadeira de Zane com o corpo, empurrando-a com tanta força que os dois caíram no outro lado do aposento no momento em que a arma de Sean disparou, atingindo a área onde eles tinham estado um segundo antes e quebrando a janela do escritório. De onde estava no chão, Ellie tentou avaliar a situação. Evidentemente, Marcus tinha soltado a grade de metal pesada do sistema de ventilação, que atingiu a cabeça de Sean e deixou-o desorientado. Em seguida, Marcus caiu sobre ele e subjugou-o. Tate o seguiu, entrando na briga. Lara saltou para o lado, caindo de pé sobre o carpete, e sacou a arma. Sem duvidar nem por um segundo que Marcus, Tate e Lara conseguiriam lidar com Sean, Ellie voltou a atenção para Zane. Ela encontrou uma tesoura e um canivete nas gavetas da mesa de Sean para começar a cortar as cordas.

Primeiro, ela arrancou a fita da boca de Zane, o que logo percebeu ter sido um grande erro.

— Que merda achou que estava fazendo? Eu lhe disse para chamar a polícia. Você devia saber que ele não deixaria nenhum de nós dois sair vivo daqui. Por que fez isso, Ellie? Pedi que não fizesse isso. — Zane estava furioso, mas também havia medo em seus olhos.

Ellie tinha cortado a maior parte das cordas em volta do corpo de Zane e começava a desfazer alguns dos nós. — Eu juro que, se disser mais uma palavra, colocarei a fita de volta na sua boca — avisou ela enquanto continuava a soltá-lo.

Pelo canto do olho, ela percebeu que Marcus e Tate tinham subjugado Sean com facilidade. Os policiais entraram pela porta e ela ouviu Tate resmungar: — Bem na hora — quando eles assumiram a custódia do louco que se debatia.

— Pode me dizer o motivo? Eu poderia lidar com aquele imbecil me matando, mas não matando você — rosnou Zane.

Ellie fez algum esforço em um pedaço de corda mais apertado ao responder: — Bem, *eu* não aguentaria se ele matasse *você*. Teria sido como se ele tivesse me matado também. Apesar de você não estar particularmente agradável neste momento, eu amo você, Zane Colter, e não pretendia desistir. Você nunca desistiu de mim. — Ellie repetiu seu mantra novamente, torcendo para que fosse a última vez que precisaria dizê-lo. A corda finalmente cedeu e ela conseguiu livrar Zane de sua prisão. Ele devia estar dolorido, pois não conseguira se mover durante a noite inteira.

Marcus, Tate e Lara correram até Zane no momento em que a polícia tirou Sean algemado do escritório.

— Você está bem? — perguntou Marcus, fazendo uma careta ao perceber o sangue escorrendo da cabeça de Zane e dos ferimentos em seu rosto.

— Você acabou de dizer que me ama? — perguntou Zane, com o olhar fixo em Ellie.

— Sim. Estou cansada de não dizer, portanto vou dizer de novo. Eu amo você, Zane Colter. E você não podia esperar que eu ficasse sentada sem fazer nada.

— Eu também amo você — respondeu Zane com voz rouca. — Não dizer isso a você era meu único arrependimento.

O coração de Ellie alçou voo quando ela o encarou. — Marcus perguntou se você está bem — relembrou ela, pois ele ignorara o irmão completamente. — Consegue ficar de pé?

— É claro — retrucou Zane em tom arrogante ao começar a se levantar da cadeira.

Por sorte, Tate e Marcus estavam perto o suficiente para segurar o corpo de Zane quando ele caiu. Os dois o deitaram gentilmente no chão.

— Desculpem. Acho que fiquei tonto — murmurou Zane, com os olhos fechados.

Marcus avaliou os ferimentos de Zane. — Ele tem alguns cortes e hematomas bem feios. Acho que precisamos de uma ambulância. Ele provavelmente tem uma concussão. — Já está a caminho — disse Lara ao guardar o celular no bolso, obviamente já tendo pedido ajuda.

— Vou ficar muito furioso quando não estiver tão tonto — murmurou Zane. — Ellie e Lara não deveriam estar aqui de jeito nenhum. Nem ninguém da minha família. Vocês deveriam ter chamado a polícia. E como diabos você pegou o meu *notebook*?

— Você tem um irmão que era das Forças Especiais, outro que era agente da CIA e uma cunhada que é ex-agente do FBI. Se nenhum de nós conseguisse pegar o seu *notebook*, teria sido muito triste — disse Lara a Zane em tom de brincadeira.

Zane fez uma careta sem abrir os olhos, o que fez com que Ellie sorrisse. Ela sabia que ele provavelmente estava irritado pelo fato de sua segurança não ser completamente infalível.

Um segundo depois, ele abriu os olhos, olhando para todos, que estavam ajoelhados ao seu lado. — Ellie me ama. Isso faz com que eu seja um idiota sortudo?

— Ele está começando a delirar — comentou Tate.

— Nesse caso, prefiro achar que ele sabe exatamente o que está dizendo. E tenho que concordar — disse Marcus calmamente ao olhar para Ellie. — Obrigado pelo que fez. Não teríamos conseguido sem você, que certamente não precisava ter feito isso.

Ela sorriu para Marcus, sabendo que havia muito mais sob a superfície daquele irmão de Zane que gostava de pensar que só se preocupava com coisas superficiais, como carros velozes e objetos bonitos. — Sim, eu tinha que fazer isso. Eu também o amo.

Lara e Tate sorriram. Marcus lançou um olhar satisfeito a Ellie. — Eu sei.

Zane moveu a mão e Ellie a pegou, entrelaçando os dedos nos dele. — Aguente firme. A ambulância chegou.

— Vou ficar bem — teimou Zane, movendo-se como se quisesse se levantar.

Ao mesmo tempo, Tate e Marcus empurraram Zane de volta para o chão quando os paramédicos entraram para examiná-lo.

Ellie deu um passo atrás para dar espaço à equipe médica. Lara passou o braço em volta de seus ombros em apoio. — Ele ficará bem. Descobri que todos os irmãos Colter têm a cabeça dura. Ele levou alguns golpes bem fortes, mas vai se recuperar.

Ellie olhou para a janela estilhaçada e novamente para Zane. — Poderia ter sido pior, acho.

— Pensou bem depressa para tirar você e Zane da linha de tiro — comentou Lara baixinho.

— Instinto — respondeu Ellie, dispensando o elogio de Lara. — Amor — retrucou Lara com um sorriso.

Ellie sorriu de volta para ela. — Ele me ama. Zane realmente me ama. — Ainda meio tonta de alívio e por causa da declaração de Zane, ela se sentiu meio boba.

— Eu sei — disse Lara, repetindo as palavras de Marcus. — Mais um Colter solteiro fora do mercado.

— Ainda há Blake e Marcus — relembrou Ellie quando ela e Lara seguiram os paramédicos que tinham colocado Zane em uma maca e saíam do escritório.

— Blake é casado com sua posição de senador. E Marcus... — A voz de Lara sumiu por alguns segundos antes que ela concluísse: — Que mulher conseguiria aguentá-lo? Ela teria que conseguir dar uma surra nele.

Ellie riu enquanto desciam pelo elevador. Ela segurou a mão de Zane e sentiu quando ele apertou seus dedos fracamente.

Naquele momento, havia apenas um Colter que ela ficaria feliz em tirar do mercado dos homens solteiros para sempre. Nunca mais teria que esconder o que sentia por ele. A vida era curta demais. Se não tivesse aprendido isso da própria experiência, certamente aprendera com o incidente recente.

Ellie sentia que esperara uma vida inteira por Zane e não pretendia esperar mais.

Capítulo 19

Ellie ficou feliz por Zane só ter que passar a noite no hospital, pois ele era um paciente terrível. Ela achou um pouco divertido ele ter sido tão firme sobre Ellie esperar quando quisera sair do hospital depois do sequestro. Mas ele obviamente não achava necessário ter o mesmo cuidado sobre si próprio. Ele começara a reclamar sobre ter que passar a noite lá no momento em que o médico considerara necessário observá-lo pelas primeiras vinte e quatro horas devido à concussão.

Ele fora para casa com pontos na cabeça e toda a família ficara por perto, todos preocupados com Zane.

Três dias depois de ter sido liberado do hospital, Chloe e Gabe foram visitá-lo. Gabe e Zane assistiam a um jogo na televisão enquanto Chloe e Ellie tentavam entender tudo o que acontecera.

— Algumas vezes, parece que tudo aconteceu há muito tempo — comentou Ellie ao se sentar à mesa da cozinha, conversando com Chloe. — Sei que ainda tenho problemas por causa do que aconteceu, mas minhas lembranças estão lentamente desaparecendo. Talvez seja porque eu tenha tantas lembranças boas com seu irmão para substituir as ruins.

Chloe suspirou. — Algumas vezes também me sinto assim. Ter você de volta ainda é algo recente, mas os danos causados por James estão sendo aniquilados pela minha vida com Gabe.

— Você está feliz de verdade? — Ellie ficou hesitante em perguntar porque era bastante evidente que Gabe e Chloe adoravam um ao outro.

— Muito. Ele salvou a minha vida. Não da forma como Zane salvou a sua, mas, sem o apoio e o amor dele, não sei onde eu estaria agora. — Chloe hesitou antes de perguntar: — Então, quando será o casamento?

Ellie balançou a cabeça. — Não será em breve. Ainda não discutimos o assunto.

Chloe riu. — Será em breve. Zane nunca esperou muito quando queria alguma coisa. Agora que ele sabe que você o ama, vai querer ver um anel no seu dedo.

— Não estou com pressa — disse Ellie apressadamente.

— Eu estou — retrucou Chloe. — Quero ser madrinha antes de engravidar.

Ellie encarou a melhor amiga. — Vocês estão tentando?

— Ainda não, mas estamos planejando. Gabe quer que eu espere até estar pronta. Mas acho que estou quase lá. Quero ter nosso primeiro filho logo. E gostaria de ter mais de um.

Ellie conseguia ver Chloe como mãe com facilidade. Ela seria incrível. — Acho melhor que eu seja a primeira a saber quando você engravidar.

— Você sabe que será. Não vou conseguir esperar para contar a você. Mas, enquanto isso, estou ansiosa pelo seu casamento.

— Espere sentada — advertiu Ellie. Apesar de ela e Zane professarem seu amor todos os dias, Ellie não tinha certeza se ele estava pronto para aquele passo ainda.

Chloe se levantou quando Gabe e Zane entraram. — Pronto para irmos? — Quando você quiser — respondeu Gabe. — Não aguentamos mais assistir ao jogo. Nosso time estava levando uma surra.

— De qualquer forma, tenho que ir. Preciso examinar alguns cavalos — relembrou Chloe ao marido.

Ellie observou a melhor amiga falar com o marido. Os dois obviamente eram um casal perfeito. Ela conseguia perceber o entendimento não declarado entre eles, o amor que parecia irradiar da alma deles.

Eles se despediram quando Gabe e Chloe foram embora, deixando a casa em silêncio novamente.

— Graças a Deus — exclamou Zane ao fechar e trancar a porta. — Parece que não tivemos um minuto a sós desde que voltei do hospital.

Eles tinham recebido muitas visitas, principalmente da família preocupada. — Você deveria estar se recuperando.

Zane ainda tinha pontos na cabeça, mas estava recuperando-se rapidamente. A maior parte dos ferimentos do rosto já tinha desaparecido.

— Eu *já* me recuperei — retrucou ele, voltando para a sala.

Ellie o seguiu. — Não, não se recuperou. Sente-se que vou preparar algo para o jantar.

— Prefiro ter você — disse Zane com voz rouca, agarrando-a antes que ela pudesse voltar para a cozinha. — Preciso de você, Ellie. Preciso tanto de você que não consigo esperar mais. Quero dizer que a amo quando estiver dentro de você.

Ellie viu o olhar implorante dele, sentindo o corpo doer de desejo. Ela queria a mesma coisa, mas não queria retardar a recuperação dele. — Não amo só o sexo, Zane. Eu. Amo. Você.

— Também não quero só o sexo. Eu quero você, Ellie.

A expressão dele era implorante e ela não tinha certeza se conseguiria negar algo a ele. Pegando a mão de Zane, ela o levou em direção ao sofá. Abrindo o botão da calça de Zane, rapidamente ela tirou as roupas dele, finalmente empurrando-o para que ficasse completamente deitado no sofá, espetacularmente nu.

Ela tentou não se distrair pelo corpo perfeitamente esculpido de Zane, determinada a não deixá-lo impedir a própria recuperação. Mas não era algo fácil quando um homem tinha a aparência de Zane Colter, que estava sentado ao alcance das mãos de Ellie sem um centímetro de roupa sobre o corpo musculoso perfeito. Estranhamente, o fato de ele ser tão gostoso não a intimidava nem um pouco. Talvez fosse porque ela sabia que, mesmo se ele não fosse tão irresistivelmente lindo, ainda o desejaria com a mesma intensidade.

— Você se comporte. Eu farei todo o trabalho — disse ela em tom firme.

Os olhos famintos de Zane a observaram, com o pênis totalmente ereto, encarando-a como se estivesse tirando suas roupas, uma peça de cada vez.

Ellie ainda não conseguia acreditar que Zane a olhava como se fosse uma das modelos mais bem pagas do mundo, atraente de todas as formas. Ele nunca parecia ver nenhuma das falhas em seu corpo nem que ela era apenas levemente atraente. Quando olhava para ela, Zane a via pelos olhos de um homem que estava apaixonado. *Isso* era um milagre para Ellie. Ela sentiu os olhos ficarem úmidos porque ele a amava exatamente como ela era: algo que sempre quisera, mas que nunca achara que encontraria.

— Você está me matando — resmungou Zane, assistindo quando ela tirou o último item das roupas: a calcinha minúscula.

Ela se aproximou dele, sentindo os dedos ansiosos para tocarem nele. Ela queria antes garantir que, apesar de Zane ainda ter alguns ferimentos, ele ficaria bem.

Ajoelhando-se no chão, ela ficou entre os joelhos dele. Colocando as mãos em seus ombros, ela lentamente deixou que escorregassem pelo peito musculoso e o abdômen bem definido, saboreando o calor e a firmeza do corpo de Zane. Finalmente, ela segurou o pênis rígido, acariciando a pele sedosa e macia. Tão rígido e, ao mesmo tempo, incrivelmente macio.

— Ellie, não vou aguentar muito tempo se você não parar — avisou Zane com voz rouca.

— Não importa — respondeu ela com tom sedutor. — Não se trata de resistência. É sobre o quanto eu amo você. Sobre o quanto sei que poderia ter perdido você. É sobre nós dois.

Ela abaixou a cabeça e lambeu a gota de umidade da cabeça do pênis, parando para desfrutar de sua essência antes de lentamente colocá-lo dentro da boca. Sua boceta ficou molhada ao ouvir o gemido erótico dele. Seu corpo já estava excitado só de tocar em Zane, sabendo que ele sentia tanto prazer com seu toque.

Ele colocou a mão nos cabelos dela, acariciando os cachos e guiando-a enquanto ela chupava o pênis, enfiando-o o máximo possível a cada vez que descia.

A respiração dele ficou mais rápida e irregular e os gemidos mais abandonados. Ellie saboreou cada som primitivo quando ele começou a guiá-la para um ritmo mais rápido.

Finalmente, ele puxou a cabeça dela para cima, segurando-a gentilmente pelos cabelos. — Caralho, não vou gozar na sua boca agora. Não é disso que precisamos. — Ele a pegou pelas mãos e puxou-a. — Fique em cima de mim, Ellie. Preciso sentir seu corpo contra o meu. Preciso sentir você em volta do meu pau. Faz dias que quero isso.

Ela queria aquilo também, mas... — Não quero machucar você. — Com cuidado, ela se sentou no colo dele.

Meu Deus, como ele é gostoso. Como o cheiro dele é gostoso.

— Se não trepar comigo, vai me matar — disse ele, com a voz rouca de frustração. — Beije-me — insistiu ele.

Ela deixou os braços se apoiarem nos ombros dele e as mãos no encosto do sofá ao se abaixar gentilmente e beijá-lo com ternura nos lábios. Ela olhou nos olhos tumultuados dele e disse em pouco mais do que um sussurro: — Eu amo você, Zane Colter. Não questiono mais o que sinto. Nunca mais quero ter arrependimentos no que diz respeito a você. Se alguma coisa tivesse acontecido a você e eu não tivesse lhe dito o que sinto, não teria conseguido conviver comigo mesma.

Ele passou os braços em volta do corpo de Ellie, movendo as mãos pelo traseiro e pelas costas dela. — Se alguma coisa acontecer com você, não acho que eu vá querer continuar vivo — confessou Zane. — Eu me arrependi, Ellie. Quando achei que Sean ia me matar, meu único arrependimento foi nunca ter dito a você exatamente como me sentia.

A mão dele acariciou a nuca de Ellie e ele a puxou para baixo para encontrar sua boca. O abraço era terno e exigente, doce e quente.

Ela gemeu e moveu os lábios, esfregando-se contra o pênis em um movimento inconsciente, algo que não conseguiria ter impedido mesmo se quisesse. Ellie queria que ele a penetrasse e nunca mais saísse.

Quando ele deslizou a boca pelo pescoço dela, mordendo de leve a pele sensível antes de acariciá-la com a língua, Zane murmurou contra sua garganta: — Agora, trepe comigo antes que eu perca o juízo.

Ellie mudou de posição, usando uma das mãos para guiar o pênis para dentro de si, e desceu o corpo da forma mais gentil possível. — Devagar — pediu ela. — Querida, não acho que há como evitar que seja uma trepada bem dada. — Segurando os quadris dela, Zane empurrou o corpo para cima para penetrá-la mais fundo. — Ai, caralho, isso — gemeu ele. — Você é tão perfeita. Tão apertada, tão quente, Ellie. Você é minha. Acho que sempre foi.

Soltando uma exclamação quando ele investiu novamente, Ellie colocou as mãos nos ombros dele para se apoiar, gemendo quando Zane colocou a boca sobre um de seus mamilos. Os dentes, os lábios e a língua provocaram seus seios enquanto as mãos a guiavam até um ritmo frenético que quase a deixou louca.

— Diga que me ama, agora — rosnou Zane enquanto investia nela sem parar. — Diga que é minha. Diga que precisa de mim tanto quanto preciso de você.

Sem fôlego por causa do prazer, ela respondeu: — Eu amo você. Eu preciso de você. Sempre serei sua e você sempre será meu.

Ellie sentia as mesmas emoções possessivas que Zane sentia naquele momento e perdeu-se no êxtase primitivo que percorria seu corpo.

O orgasmo não estava simplesmente aproximando-se. Ele avançava na direção dela como um trem em alta velocidade. As unhas curtas se enterraram nos ombros de Zane e ela jogou a cabeça para trás. A mudança de posição fez com que o pênis deslizasse sobre o clitóris e, incapaz de aguentar mais, Ellie deixou que o clímax a atingisse, com as paredes da boceta apertando o pênis de Zane.

— Caralho, querida, goze para mim — exigiu Zane. — Jesus, Ellie, eu amo você. Eu amo você demais!

A maravilha do que acontecia com seu corpo e a excitação de ouvir a expressão de amor de Zane enquanto ele se movia dentro dela provavelmente eram a experiência mais satisfatória e sensual que já tivera. Quando ele segurou sua nuca e puxou-a para baixo para tomar sua boca, Ellie desfrutou do clímax prolongado, sabendo que Zane estava prestes a se derramar dentro dela.

Ele interrompeu o abraço feroz e jogou a cabeça para trás, agarrando o traseiro dela e deixando que o orgasmo feroz o consumisse.

Capítulo 20

Ellie saiu do colo de Zane assim que recuperou o fôlego. — Achei que eu tinha dito a você para *não* se mexer.

A risada profunda e espontânea de Zane encheu o aposento. — Achou mesmo que isso ia acontecer?

— Sim — respondeu ela, sentindo-se um pouco ingênua. — Você poderia simplesmente ter ficado deitado e aproveitado.

Ele puxou o corpo nu dela contra o seu e colocou o braço em volta de Ellie, deixando que ela apoiasse a cabeça contra seu ombro. — Isso não vai acontecer, querida.

— Por quê?

— Porque desejo você demais para não ser um participante ativo.

Ele não só participara. Ele gostava de estar no controle. Talvez fosse porque ela inicialmente era virgem, mas tinha quase certeza de que era apenas parte da natureza dele. — Você está se sentindo bem? — perguntou ela ansiosa. Fora uma sessão intensa e ele ainda não se recuperara completamente.

— Não, você me destruiu — reclamou ele com bom humor.

Ellie sorriu, sabendo que ele estava bem só pelo tom de voz. — Como se sente sobre o que aconteceu com Sean? — O principal cara do laboratório o traíra. Devia estar magoado.

— Eu queria matá-lo. Mas, quando penso no que tenho, não consigo sentir amargura. Eu queria ter percebido os sinais antes, mas não houve nenhum alerta grande. Na verdade, acho que a coisa toda é meio surreal.

Ellie assentiu contra o ombro dele. — Também acho. Lamento tanto que ele tenha machucado você. — Ela queria dizer tanto física quanto emocionalmente.

— Sinceramente, não dou a mínima mais. Ele apodrecerá na cadeia e nós seremos felizes. Mas precisamos muito conversar sobre você colocando sua vida em perigo.

— Não, não precisamos. Não há nada que eu não faria por você — respondeu ela depressa. — Fim de conversa.

— Foi uma conversa bem curta — zombou Zane, brincando com um cacho dos cabelos dela.

— Você sabe que teria feito a mesma coisa.

— Isso é verdade — admitiu ele. — Mas Tate e Marcus deviam ter deixado você e Lara fora daquilo tudo.

Ela o encarou com olhar frio. — Por quê? Só porque somos mulheres?

— Claro que não. Só porque não acho que Tate ou eu poderia viver sem as mulheres que amamos. Eu teria morrido se Sean tivesse machucado você, Ell. E sei que Tate sente o mesmo. Não sei como Lara o convenceu a deixá-la ir.

— Acho que eles fizeram um trato. O envolvimento dela seria limitado. Ela era agente do FBI e sabe como usar uma arma, além de ser fodona. Acho que ela insistiu e Tate não teve opção entre tornar a situação controlada ou arriscar que Lara fizesse o que queria. Ela queria ajudar. Lara é assim. Ela não podia ficar sentada sabendo que tinha as habilidades para ajudar.

— É, acho que sim — concordou ele relutantemente. — Não é que eu não esteja grato por estar vivo, mas não queria ver nenhuma das pessoas que amo ser ferida por minha causa.

Ellie acariciou o pescoço dele. — A única pessoa ferida foi você. — Vou sobreviver — brincou ele. — Estou quase curado.

— Espero que esteja planejando dar um pouco de tempo para se recuperar antes de voltar para o laboratório.

— Meu diretor assistente assumiu a posição de Sean. Não pretendo ter pressa para voltar. Eles conseguem se virar sem mim por algum tempo. — Quer que eu volte para Denver e veja o que posso fazer para ajudar o novo diretor, já que Elena foi embora? — Ellie não queria deixar Zane, mas aquilo seria melhor do que vê-lo se apressar para voltar ao trabalho.

— Claro que não — objetou Zane ferozmente. — Na verdade, estive pensando em demitir você.

— O quê? — Ela ergueu a cabeça para olhar para ele. — Por quê? Eu organizei você, mantive-o no caminho certo. Fiz um trabalho excelente.

— Concordo. — Ele beijou a testa dela de forma gentil. — Mas seu negócio está decolando e quero que vá atrás dos seus sonhos, Ell. Vou ajudar você. E você me ajuda de casa a continuar organizado para que possa desenvolver sua própria empresa. A única coisa que a impede é tempo. Você fica ocupada demais tendo que ir ao escritório todos os dias. — Zane, ainda preciso de um emprego. Tenho que me sustentar enquanto tento desenvolver um negócio.

— Não, não precisa. — Ele se levantou e pegou a calça *jeans*, vasculhando o bolso até tirar o que queria.

Ellie o observou curiosa, perguntando-se o que ele estava fazendo.

Ele se virou, voltou para o sofá e ajoelhou-se ao lado dela. — Não foi assim que planejei. Pensei em todas as formas românticas de fazer isso, mas agora parece o momento perfeito, apesar de estarmos nus e suados.

Ele sorriu para ela e Ellie sentiu o coração derreter quando Zane abriu uma caixinha contendo um diamante enorme. Quando ela finalmente percebeu exatamente o que ele estava fazendo, seu coração deu um salto.

— Case comigo, Ellie. Por favor. Nunca serei algo sem você. E prometo que sempre a amarei e que serei o melhor homem possível para você.

Zane nunca tinha como ser um homem melhor do que já era. As lágrimas começaram a escorrer quando ela olhou para o anel de diamante aninhado no veludo, mais uma criação maravilhosa de Mia Hamilton. Ela tentou falar, mas as palavras não saíram.

— Não diga não — disse Zane depressa quando ela não respondeu. — Se precisa de tempo para decidir, não tem problema. Mas não diga não.

Ela estendeu a mão e tocou com cuidado no belo anel, passando o dedo pela pedra no centro e pelos diamantes menores que a rodeavam. — É lindo. Eu quero dizer sim.

— Então diga sim, porra — resmungou Zane, sem tomar cuidado com as palavras porque obviamente estava ansioso.

Ellie abafou os antigos sentimentos de não ser boa o suficiente para um homem como Zane ou de que ele não tinha como amá-la de verdade.

Ele a amava.

E ninguém nunca o amaria nem apreciaria o amor dele como Ellie faria.

Ellie percebeu que a única coisa que a impedia de tornar seus sonhos realidade era ela mesma.

— Sim — respondeu ela com um soluço feliz. — Sim. Sim. Sim.

Ele tirou o anel da caixa e colocou-o no dedo dela. — Você hesitou — comentou ele com cuidado.

— Velhos fantasmas — confessou ela. — Mas acho que consegui exorcizá-los.

Ele assentiu como se entendesse, e provavelmente entendia. Ela e Zane sentiam as emoções um do outro de vez em quando de uma forma quase inacreditável.

— Não há nada que eu queira mais do que ser sua esposa. — Ellie o puxou para o sofá e beijou-o com todo o amor e a felicidade que sentia naquele momento.

Ele a segurou nos braços até que finalmente precisaram de ar. — Deixe-me ajudar você a construir seu negócio, Ellie. Meu laboratório é o *meu* sonho. Quero que você também consiga o seu sonho.

De muitas maneiras, *Zane* era o verdadeiro sonho dela. Mas ela também queria desesperadamente sua empresa. — Alguns negócios não dão certo — relembrou ela. — Ellie, você terá uma das melhores mentes comerciais em existência para ajudá-la. Incluindo eu. Posso ser um cientista, mas meu laboratório tem um lucro muito alto. E há Marcus, Gabe e Chloe, além de muitos outros amigos que são muito bem-sucedidos em seus negócios para lhe dar qualquer conselho de que precisar.

— Ainda vou tentar organizar sua vida — advertiu ela. — Não tem problema. É um dos seus pontos fortes e preciso disso. Espero que também precise de alguns dos meus pontos fortes.

Ellie sorriu para ele por entre as lágrimas. Não havia qualquer menção do fato de que não importava se o negócio dela desse certo ou não, pois ele era insanamente rico. Ele tinha fé nela e levava a sério o que ela queria para si mesma. — Preciso de você inteiro — sussurrou ela, com a voz trêmula de emoção.

— Você me tem — respondeu ele. — Agora que você disse sim e meu anel está no seu dedo, está oficialmente presa a mim.

Ela assentiu com um sorriso no rosto. — Acho que consigo lidar com isso.

Ele a beijou com tanta ternura e adoração que ela suspirou feliz quando o encontro mágico dos lábios dos dois, que era um ato de amor, finalmente terminou.

Ellie se aconchegou em Zane, com uma sensação de segurança que era totalmente nova para ela, especialmente depois do que passara. Ela estava acostumada a ficar sozinha, a cuidar de si mesma. Até que Zane a resgatara, mostrando a ela como era dar e receber amor de verdade.

As inseguranças e lutas dela estavam no passado. Zane era seu futuro.

Pela primeira vez na vida, Ellie dormiu sem se preocupar com o que o amanhã traria. Agora que ela tinha Zane ao seu lado, Ellie teria a única coisa que sempre quisera. Ela saberia que, não importava o que a aguardava no futuro, sempre seria amada.

Epílogo

Seis meses depois...

Enquanto Blake Colter assistia a Ellie entregar a própria vida a Zane, ele se sentia inquieto. Não que não estivesse feliz por Zane. Ele *estava* feliz porque o irmão mais novo encontrara a mulher com quem queria ficar para o resto da vida. Ellie e Zane mereciam cada gota de felicidade que sentiam naquele momento.

Ellie estava linda, com os cabelos loiros presos e o rosto brilhando de amor pelo noivo. Chloe estava ao lado dela, muito elegante no vestido de madrinha. Marcus estava ao lado de Zane, pois era o padrinho.

Blake não conseguia imaginar como era se entregar de forma voluntária e completa a outra pessoa, como Tate e Chloe tinham feito e como Zane fazia naquele momento. Como sua prioridade eram as ambições políticas, sobrava muito pouco espaço em sua vida para um relacionamento, mesmo que conseguisse encontrar uma mulher que não se impressionasse com o fato de ele ser senador e bilionário.

Quando estava em casa, ele cuidava dos negócios do rancho. Quando estava em Washington, tinha um trabalho a fazer. Apesar de essas duas coisas serem desculpas boas, Blake sabia que o principal motivo por não se envolver seriamente com uma mulher era porque não encontrara uma sem a qual achasse que não conseguiria viver.

As mulheres o usavam porque ele tinha dinheiro e um certo poder político.

Ele as usava pelo sexo.

A verdade era que não encontrara uma mulher que olhasse para ele como Chloe olhava para Gabe ou como Zane olhava para Ellie.

Blake olhou para Ellie e depois para Chloe, notando que as duas pareciam radiantes e felizes. Como quando eram crianças, as duas estavam frequentemente juntas e agora tinham levado Lara para aquele círculo. As três tinham se envolvido profundamente com o Fundo de Asha. Ele achava incrível que duas mulheres que tinham sofrido tanto agora estivessem ajudando outras mulheres a escaparem do mesmo tipo de inferno. E Lara, com a formação de psicóloga, era o complemento perfeito para as duas amigas.

A cerimônia foi breve e todos seguiram o casal até a recepção que seria no mesmo lugar, no *resort* da mãe deles.

Aileen Colter ficara muito feliz quando soubera que Ellie e Zane se casariam e cuidara de cada detalhe, já que a mãe de Ellie não estivera por perto durante os estágios de planejamento.

Todos entraram no saguão imenso e foram para o salão com facilidade. Blake seguiu a multidão, torcendo para conseguir alguma coisa para comer. Ele chegara tarde na noite anterior e estava faminto.

Antes que pudesse encher um prato com comida, Marcus se aproximou e acenou com a cabeça para que Blake o encontrasse do lado de fora. Ele saiu para a sacada, com Marcus logo atrás.

O gêmeo de Blake não se preocupou com os preâmbulos e foi direto ao ponto. — Lembra de quando perguntei se me faria um favor caso eu precisasse?

— Sim — respondeu Blake com cautela. — Preciso desse favor.

— Agora? — perguntou Blake em tom contrariado. Ora, ele acabara de voltar para casa, acabara de ter uma folga do congresso.

— Desculpe. Sei que é um momento merda, mas há vidas em risco — respondeu Marcus em tom sombrio.

— Está planejando me contar do que se trata isso tudo? — Se Blake ia ajudar, Marcus não poderia mantê-lo no escuro.

— Uma parte — concordou Marcus. — Mas só o que você precisa saber.

Blake balançou a cabeça negativamente. — Tudo. Marcus, sei que está acontecendo alguma coisa. Tenho sentido isso há algum tempo. Seja aberto comigo. Não é só coisa da CIA.

— Não. Não tem nada a ver com isso. Olhe, eu *quero* contar tudo, mas é ano de eleição para você e sei que nunca mentiria. Talvez seja melhor que não saiba muita coisa. Assim, poderá alegar com sinceridade que não sabia.

— Não sabia do quê? Se vou ajudar você, preciso dos detalhes. — Marcus andou de um lado para o outro com expressão grave. — Se é o único jeito de conseguir a sua ajuda, contarei.

Blake escutou atentamente quando Marcus começou a explicar. Dizer que estava surpreso com o que *não* sabia sobre o irmão gêmeo era pouco. Marcus tinha uma parte inteira da própria vida sobre a qual ninguém da família Colter sabia.

Quando fora que ele parara de acompanhar o irmão gêmeo e exatamente o que estava acontecendo na vida dele? Eles costumavam contar tudo um ao outro.

— Por que não me contou antes? — Porque dei minha palavra de que não contaria. — Seu plano nunca dará certo.

— Tem que dar certo — retrucou Marcus. — As consequências do fracasso não são uma opção.

O irmão tinha razão. Se o plano fracassasse, vidas poderiam ser perdidas. — Vocês dois precisam entrar e comer — disse Aileen Colter da porta da sacada. — Agora — insistiu ela. — Os dois chegaram tarde na noite passada e devem estar com fome.

Blake e Marcus trocaram uma mensagem silenciosa ao começarem a andar para o salão. — Estamos indo — disse Blake alto o suficiente para que a mãe ouvisse. Em tom mais baixo, ele disse para Marcus: — Precisamos conversar sobre isso mais tarde.

— Vamos nos encontrar na minha casa quando a recepção terminar — concordou Marcus.

— Na verdade, estou com fome — confessou Blake.

— Eu também. E temos um casal de noivos com quem celebrar. Não achei que Zane se casaria um dia.

— Ele está feliz — informou Blake ao irmão ao entrarem novamente no salão.

— Ellie também.

Ele e Marcus começaram a encher os pratos quando chegaram à mesa do bufê. Blake se afastou do irmão gêmeo no meio da multidão, mas não importava. Ele o encontraria mais tarde naquela noite e, quando isso acontecesse, Blake ainda tinha muitas perguntas a fazer. Ele sabia que ajudaria Marcus, mas não faria nada às cegas. Antes que a noite terminasse, ele conseguiria as respostas de que precisava do irmão gêmeo para jogar o jogo muito perigoso que Marcus planejava.

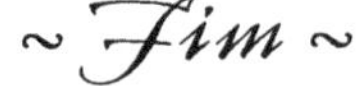

Acesse:

http://www.authorjsscott.com
http://www.facebook.com/authorjsscott

Você pode falar comigo pelo e-mail
jsscott_author@hotmail.com

Ou pode enviar um tweet:
@AuthorJSScott

Registre-se para receber meu boletim informativo com novidades, novos lançamentos e excertos exclusivos aqui:
https://landing.mailerlite.com/webforms/landing/i0j7c2

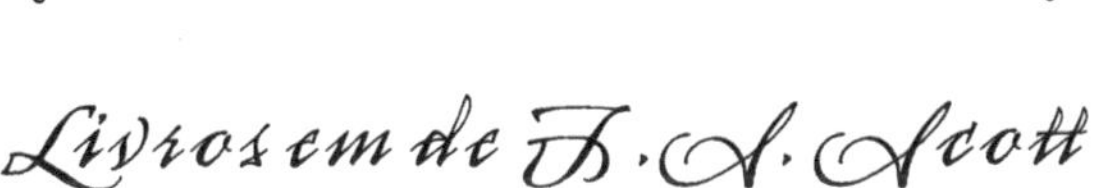

Série A Obsessão do Bilionário:

A Obsessão do Bilionário: A Coleção Completa (Simon)
O Coração do Bilionário (Sam)
A Salvação do Bilionário (Max)
O Jogo do Bilionário (Kade)

A Perdição do Bilionário (Travis)
Bilionário Desmascarado (Jason)
Bilionário Indomado (Tate)
Bilionário Sem Limites (Chloe)
Bilionário Destemido (Zane)

Série Um romance dos Irmãos Walker:

Liberte-se! (Trace)
O Playboy! (Sebastian)

Série Os Sinclair:

Um bilionário raro (Dante)
O bilionário proibido (Jared)
O Toque do Bilionário (Evan)

www.ingramcontent.com/pod-product-compliance
Ingram Content Group UK Ltd.
Pitfield, Milton Keynes, MK11 3LW, UK
UKHW041826200726
13854UKWH00002BA/609

9 798519 001410